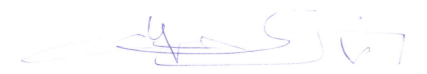

D1694468

Mister Petersilie

Ghazi Abdel-Qadir

Mister Petersilie

Illustriert von Dorothea Göbel

Verlag Sauerländer
Aarau · Frankfurt am Main · Salzburg

Ghazi Abdel-Qadir

Mister Petersilie

Umschlagbild und Innenillustrationen
von Dorothea Göbel

Copyright © 1997 Text, Illustrationen und Ausstattung
by Verlag Sauerländer, Aarau, Frankfurt am Main und Salzburg

Printed in Germany

ISBN 3-7941-4260-8
Bestellnummer 01 04260

Die Deutsche Bibliothek – CIP-Einheitsaufnahme
Abdel-Qadir, Ghazi:
Mister Petersilie / Ghazi Abdel-Qadir. [Innenill. von Dorothea Göbel]. –
Aarau; Frankfurt am Main; Salzburg: Sauerländer, 1997
ISBN 3-7941-4260-8

1

»Mister Petersilie!«, rief Latif. »Pass gut auf dich auf heute. Und arbeite nicht so viel, damit du nachher beim Training fit bist.«
Das hätte er nicht zu sagen brauchen, denn seitdem unsere Mannschaft bei dem letzten Fußballspiel gegen die Oberen aus dem Reichenviertel verloren hatte, tat ich für die Arbeit nur das Allernötigste.
Wann immer ich konnte, sparte ich Kraft und Zeit für das Training.
Heute hatte ich sogar meine Arbeitskleider gleich mit in die Schule gebracht, damit ich zum Umziehen nicht nach Hause musste.
Nach dem Unterricht versteckte ich mich hinter einem Baum und wechselte die Kleidung. Die Schuluniform stopfte ich in eine Plastiktüte. Dann ging ich

zum Fleischer, vor dessen Laden meine Mutter Petersilie verkaufte.

Jeden Tag, wenn die Schule aus war, löste ich Mutter ab. Sie ging dann nach Hause und kochte für uns das Mittagessen. Als ich an diesem Mittag beim Fleischer ankam, war von ihr aber weit und breit nichts zu sehen. Nur das Blechtablett mit Petersilie und der Wasserkrug standen auf dem Bürgersteig.

Das ist aber sonderbar, dachte ich, nahm den Krug und besprenkelte die Petersilie mit etwas Wasser, damit sie nicht welk wurde. Ich setzte mich hin um Kraft zu sparen und begann, die Petersilie mit einem Lied anzupreisen:

»Petersilie, Petersilie,
die Königin des Salats!
Petersilie, Petersilie,
für Hackbraten der beste Rat!«

Doch keiner kaufte. Die Leute, die vorbeikamen, betrachteten kurz die Petersilie, sahen dann ins Schaufenster des Fleischers und gingen weiter.

Was ist nur heute los?, wunderte ich mich. Wo bleibt Mutter bloß? Und warum kauft keiner Petersilie? Nicht einmal nach dem Preis erkundigte sich einer. Ob das Lied nicht richtig zog?

Ich dachte kurz nach und versuchte es dann mit einem anderen:

»Petersilie, Petersilie,
o wie wunderbar!
Petersilie, Petersilie,
macht die Augen sonnenklar!«

Das half aber auch nicht. Nach wie vor schauten die Leute in den Laden des Fleischers und liefen weiter. Nur eine alte Frau kaufte für eine halbe Lira ein kleines Bund Petersilie. Dann ging sie auf den Laden zu.
»Wo ist der Fleischer?«, fragte sie.
»Im Laden natürlich«, antwortete ich.
»Und warum ist die Tür zu?«
»Zu?« Ich stand auf und spähte in den Laden. Der Fleischer war wirklich nicht da.
So ein Mist! Wer wollte dann unsere Petersilie kaufen? Mutter hatte diesen Platz vor dem Fleischerladen nämlich nicht zufällig ausgewählt. Hier gab es die meisten Kunden, weil man für viele Hackfleischgerichte Petersilie benötigte. Aber wenn der Fleischer nicht da war, würde der Verkauf jetzt noch weiter so schleppend vorangehen. Und ich würde trotz der guten Lage noch heute Abend hier sitzen und nicht zum Fußballtraining gehen können.
Ich hockte mich wieder hinter mein Tablett und wusste nicht, was ich machen sollte. Warum kam Mutter nicht?
Ich wartete und wartete. Ein Paar Füße nach dem anderen hastete vor meinem Gesicht vorbei, aber keines hielt an. Niemand kaufte und kein Paar Füße gehörte meiner Mutter. Da waren Mädchenfüße in Lackschu-

hen, die bei jedem Schritt »klack, klack« machten, alte Männerfüße in geflickten Ledersandalen und junge in Gummilatschen. Es gab schlurfende und trippelnde, kranke und gesunde Füße. Manchmal dachte ich, dass ich bestimmt allein an den Füßen erkennen könnte, wer wie ich ein Flüchtling hier aus dem Lager war und wer ein Einheimischer aus dem Viertel nebenan.

Mittlerweile knurrte mein Magen unüberhörbar und ich wurde immer verzweifelter. Zudem wehte der köstliche Duft heißer, gekochter Maiskolben herüber, die der Sohn des Gemüsehändlers von seinem Karren aus verkaufte.

Endlich kam der Fleischer. Er öffnete seinen Laden und rief:»Habib!«

Habib? Was ist los, dass er mich so förmlich anspricht?, überlegte ich und verspürte ein flaues Gefühl im Bauch. Keiner sonst nannte mich bei meinem richtigen Namen, außer meiner Mutter. Und wenn die mit mir schimpfte, nannte auch sie mich Mister Petersilie. Sogar die Lehrer riefen mich so. Der Name passte viel besser zu mir als Habib, fand ich.

Schnell stand ich auf und ging zum Fleischer.

»Ich habe keine gute Nachricht für dich, Habib«, sagte er und mir wurde es immer mulmiger. »Deine Mutter...«

»Was ist mit ihr?«

»Es ist nicht sehr schlimm«, sagte der Fleischer hastig. »Sie hat sich nur das Bein gebrochen, als sie auf ein rostiges Gullygitter trat, das unter ihr einsackte.«

»Das Bein gebrochen? Ooh...«

»Ich habe sie zu euch nach Hause gebracht und der Knochenheilerin Bescheid gesagt«, fuhr der Fleischer fort. »Du kannst die Petersilie hier lassen und zu deiner Mutter gehen. Ich werde das Grünzeug für euch verkaufen.«

»Danke!«, rief ich und rannte aus dem Laden.

Auf dem Weg nach Hause passte ich noch mehr als sonst auf, dass ich nicht auf die Gullys trat. Sämtliche Bewohner des Flüchtlingslagers wussten, dass einem die alten, wackeligen Dinger gefährlich werden konnten, denn hier wurde nie etwas repariert, auch wenn es völlig kaputt war. Aber das mit dem Aufpassen klappte natürlich nicht immer. In dem dichten Gedränge der Einkaufsgassen musste man ständig irgendwelchen voll bepackten Leuten oder Karren ausweichen. Bestimmt war Mutter das Unglück dabei passiert …

2

»Aaaiii!«, hörte ich meine Mutter stöhnen, als ich mich unserem Haus näherte.

Haus war eigentlich zu viel gesagt bei der Wellblechhütte, aber wir nannten sie so um uns besser zu fühlen. Mutter meinte immer, wenn es einem schon nicht gut geht, sollte man wenigstens so gut und hoffnungsvoll wie möglich denken. Mir fiel das manchmal schwer. Wenn die Geräusche von der Straße oder den Nachbarhütten durch die dünnen Wände drangen, half uns auch die Bezeichnung »Haus« nicht zu vergessen, wo wir waren. Oft dachte ich, unsere Nachbarn könnten sogar mein Magenknurren hören – so ähnlich wie ich jetzt Mutters Stöhnen.

»Mutter!«, rief ich und betrat den Raum.

»Du bleibst schön draußen«, befahl mir die Knochenheilerin.

So ein Blödsinn! Als ob ich beim Schienen eines Beins in Ohnmacht fallen würde. Ich blieb im Zimmer und hielt Mutter die Hand.

»Es wird schon nicht so schlimm werden«, versuchte ich sie zu trösten.

Aber es wurde schlimm. Die Knochenheilerin tastete und zog an dem Bein herum, wobei Mutter immer wieder laut aufschrie. Ihr Gesicht war kalkweiß vor Schmerzen.

»Geh doch besser nach draußen«, flüsterte sie mir zu.

Vor der Tür setzte ich mich auf den Boden. Bei jedem Schmerzensschrei meiner Mutter zuckte ich zusammen. Endlich war es vorbei.

»Du kannst jetzt reinkommen«, rief die Heilerin.

Das Bein war fertig geschient und verbunden. Mutter lag völlig erschöpft da, lächelte mir aber zu, als ich mich neben sie stellte.

»So, nun darfst du drei Wochen lang nicht auftreten«, sagte die Heilerin zu ihr.

»Was?«, rief Mutter entsetzt aus. »Drei Wochen? Wer wird dann die Arbeit machen? Womit soll ich das Kind ernähren?«

»Ich schaffe das schon«, warf ich ein. »Dann muss ich eben mehr arbeiten.«

»Und die Schule? Du musst in die Schule gehen. O dieser unglückselige Tag«, jammerte Mutter voller Verzweiflung.

»Mach dir keine Sorgen, Mama«, sagte ich und beteuerte nochmals: »Ich schaffe das schon.«

»Nächste Woche schaue ich noch mal vorbei«, versprach die Heilerin.

»Vielen, vielen Dank für alles«, sagte Mutter. »Möge Allah deine gesegneten Hände vor allem Unheil bewahren! Ich werde dir drei Monate lang jedes Wochenende ein Bund Petersilie zukommen lassen.«

»Das brauchst du nicht«, wehrte die Heilerin ab. »Ich weiß doch, wie schlecht es euch geht. Versprich mir lieber, dass du etwas Kräftiges isst, damit der Knochen gut heilt.«

»Etwas Kräftiges? Schön und gut, aber wer soll

das bezahlen?«, fragte Mutter bekümmert.

Die Heilerin zuckte die Schultern, denn da wusste sie keinen Rat.

»Möge Allah dir einen Ausweg aus deiner Lage zeigen«, sprach sie und verabschiedete sich.

»Habib, kaufe uns für eine Lira Tomaten und ein Fladenbrot«, bat Mutter mich.

»Aber die Heilerin hat doch von etwas Kräftigem gesprochen«, erwiderte ich.

»Ach was«, winkte Mutter ab. »Tomaten werden auch genügen.«

Mit etwas Kräftigem hat die Heilerin bestimmt etwas anderes gemeint, dachte ich, und das Erste, was mir

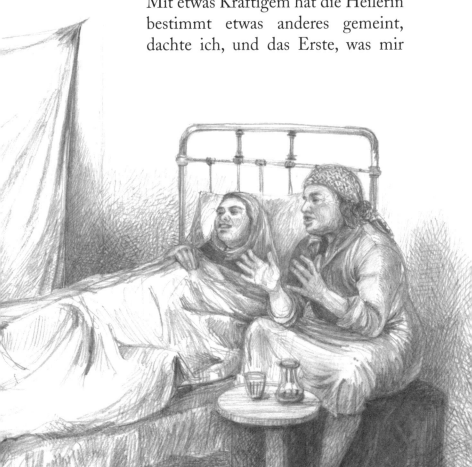

einfiel, war Fleisch. Schnurstracks lief ich zum Fleischer.

Auf dem Weg dorthin fielen mir noch ganz viele andere Leckerbissen ein, mit denen die Heilerin sicher auch einverstanden gewesen wäre, die für uns aber unerschwinglich waren. Ich träumte von solchen Herrlichkeiten wie Schafkäse-Sandwich, Brathähnchen auf Reis, Gemüseeintopf mit Kichererbsen, Sesamkringeln und Mandelkuchen.

Ganz außer Atem kam ich beim Fleischer an.

»Gibst du mir ein bisschen Fleisch für meine Mutter?«, bettelte ich. »Ich verspreche dir auch, es bald zu bezahlen.«

»Das würde ich gerne tun«, sagte der Fleischer. »Aber ich habe all das Fleisch hier selbst noch nicht bezahlt.«

»Bitte«, flehte ich. »Möge Allah dir dafür eine Pilgerfahrt nach Mekka ermöglichen.«

Der Fleischer gab nach und holte ein paar Knochen. »Hier, die kannst du haben«, sagte er. »Die reichen noch für eine Suppe.«

Knochen für Mutters Knochen. Das klingt gut, dachte ich voller Freude.

Zu Hause gab ich die Knochen zusammen mit Wasser in einen Kochtopf und ließ sie lange kochen. Dann schlug ich sie draußen vor der Tür mit einem großen Stein auf und holte mit einem Draht das Knochenmark heraus. Ich bemühte mich, kein Fitzelchen zu übersehen. Und obwohl ich genau wusste, wie gut die winzigen Markstückchen schmeckten, aß ich selbst nichts davon. Ich tat sie in die eingekochte Brühe, gab noch klein gehackte Petersilie und Salz dazu, und fertig war die Suppe.

Mutters Augen leuchteten, als ich ihr mit einem »Guten Appetit!« einen ganzen Teller köstlich duftende Suppe brachte.

»Hmm«, machte sie. »Da hast du etwas Feines gekocht. Aber ich esse nur, wenn du dir auch von der Suppe nimmst.«

»Ich esse dann den Rest im Topf«, sagte ich.

Zum Glück wusste Mutter nicht, dass noch nicht einmal ein Löffel übrig war.

3

»Warum bist du gestern nicht zum Training gekommen?«, rief Latif schon von weitem und baute sich dann vorwurfsvoll vor mir auf. Er war unser Mannschaftskapitän.

Ich wollte etwas sagen, kriegte aber keinen Ton heraus. Mein Hals war wie zugeschnürt.

»Was ist?«, fragte Latif. »Du hattest mir doch sogar versprochen, dich bei der Arbeit nicht allzu sehr anzustrengen, damit du nicht zu müde wirst. Und was war dann? – Unser lieber Torwart erschien überhaupt nicht zum Training. Dass du wegen der Arbeit deiner Mutter nicht sofort nach der Schule Mittag essen kannst und daher später kommst, verstehe ich ja. Aber überhaupt nicht aufzutauchen, das finde ich gemein, obergemein!«

Was sollte ich ihm antworten? Er würde mich sowieso nicht verstehen. An manchen Tagen hatte er nämlich außer Fußball nichts anderes im Kopf. Damit er mich in Ruhe ließ, sagte ich: »Ich will nicht mehr Fußball spielen.«

»Was? Du willst nicht mehr Fußball spielen?«, schrie Latif. Jetzt war er richtig wütend. »Das sagst du einfach so? Und warum nicht, wenn ich fragen darf?«

»Ich habe keine Zeit.«

»Aha, der hohe Herr hat keine Zeit. Und wo sollen wir jetzt so schnell einen Torwart herzaubern? Du bist ja verrückt. Willst du uns vor den Oberen lächerlich machen?«

Damit hatte Latif Recht. Wenn unsere Mannschaft das nächste Spiel verlor, würden sich die Oberen noch überlegener fühlen. Dabei waren sie auch so schon hochnäsig genug. Die Oberen wohnten hoch oben am Hügel in schönen Häusern und konnten sich fast alles leisten. Wir hingegen hockten hier in dem überfüllten Flüchtlingslager eng aufeinander und waren froh, wenn wir jeden Tag etwas zu essen hatten und einmal im Jahr eine Secondhandhose bekamen. Nur im Fußball waren wir den Oberen bisher immer überlegen gewesen, bis auf letztes Mal. Da hatten wir Pech gehabt. Beim nächsten Spiel mussten wir das unbedingt wieder gutmachen, sonst war unser Ruf dahin.

Anfangs hatten die Oberen es wohl unter ihrer Würde gefunden, gegen uns anzutreten. Aber weil das wiederum so ausgesehen hatte, als ob sie sich selbst nichts zutrauten, hatten sie sich dann doch dazu herabgelassen. Und mittlerweile war eine Art Tradition daraus geworden.

Latif stand vor mir und ich spürte förmlich, wie er vor Wut kochte.

Ich holte tief Luft und sagte: »Na gut, ich kann nicht mitspielen, weil…«

»Weil du kurz vor dem entscheidenden Spiel schlappmachen willst«, unterbrach mich Latif.

»Lass mich doch ausreden!«, rief ich.

»Ja, dann red doch endlich.«

»Ich kann nicht mitspielen, weil ich keine Zeit mehr habe. Meine Mutter hat sich das Bein gebrochen. Sie darf sich nicht bewegen und liegt die meiste Zeit im Bett. Deshalb muss ich für sie Petersilie verkaufen.«

»Oh!«, sagte Latif und sein eben noch knallrotes Gesicht nahm langsam wieder eine normale Färbung an. Er setzte sich neben mich und schob ein Petersilienbüschel an den Rand des Tabletts. »Das tut mir Leid. Aber warum hast du das nicht gleich gesagt?«

Ich schwieg. Wie sollte ich ihm klarmachen, dass er einen manchmal ganz schön einschüchtern konnte mit seinem kaltschnäuzigen Gehabe?

Latif war zwei Jahre älter als die meisten von uns und ging auch nicht in unsere Klasse. In den Pausen hielt er sich immer bei den größeren Jungen auf und tat oft so, als ob er uns gar nicht sehen würde.

Nach einer Weile stand Latif auf.

»Jetzt musst du nach einem anderen Torwart Ausschau halten«, sagte ich bedrückt.

»Hmm«, murmelte Latif stirnrunzelnd. Dann aber gab er mir einen kameradschaftlichen Schlag auf die Schulter und meinte: »Das ist halb so schlimm. Wenn ich dagegen an deine Lage denke…«

»Vielleicht findest du ja jemanden, der gleich nach dem Mittagessen mitspielen kann und nicht noch arbeiten muss wie ich«, versuchte ich ihm Mut zu machen.

»Wir wollen dich und nicht irgendjemanden«, knurrte Latif. »Aber da ist wohl nichts zu machen. Also dann, bis irgendwann. Und gute Besserung für deine Mutter.«

Ich hatte mich in ihm getäuscht. Er war gar nicht so gefühllos, wie er immer tat.

Nach einigen Schritten hielt er inne und rief: »Mister Petersilie, wenn es deiner Mutter besser geht, machst du aber weiter, oder?«

»Klar, das verspreche ich dir«, antwortete ich.

4

Drei Tage später kam Latif mit Sufian, unserem linken Verteidiger, bei meinem Posten vorm Fleischerladen vorbei. Die beiden hielten immer fest zusammen, auch in der Mannschaft, vielleicht weil sie die beiden Ältesten waren.

»Na?«, fragte Latif. »Geht's deiner Mutter wieder besser?«

»Besser? Ich habe dir doch gesagt, dass sie sich das Bein gebrochen hat.«

»Na, ich dachte ja nur... weil jetzt schon einige Zeit vergangen ist«, meinte Latif. »Wie lange dauert es noch, bis sie gesund ist?«

»Woher soll ich das wissen?«, entgegnete ich. »Die Knochenheilerin hat gesagt, dass Mutter drei Wochen lang nicht auftreten darf.«

»Drei Wochen?«, rief Sufian entsetzt.

»Ja, und wie lange es noch dauert, bis sie wieder arbeiten kann, weiß keiner.«

»Das darf doch nicht wahr sein!«, stöhnte Sufian. »Sag, dass es nicht wahr ist und du nur Spaß machst.«

»Mir ist überhaupt nicht nach Spaß zumute«, sagte ich.

»Dann sind wir geliefert«, entgegnete Sufian. »Für alle Zeiten. Wir werden nie mehr ein Spiel gewinnen.«

»Ach was«, versuchte ich die beiden zu trösten. »Ihr werdet schnell einen Torwart finden.«

»Und wie?«, fragte Latif.

Das wusste ich selbst nicht so genau. Deshalb sagte ich: »Lasst uns darüber nachdenken.«

Anstatt Petersilie zu verkaufen, saß ich also mit Latif und Sufian da und wir brüteten vor uns hin, wie Hühner auf ihren Eiern.

Nach einer Weile sagte Latif: »Das ist doch sinnlos. Wir sitzen hier herum, als ob Allah uns einen Torwart vom Himmel abseilen würde. Sind wir etwa blöd? Komm, Sufian, vielleicht fällt den anderen etwas ein.«

Sie standen auf und gingen.

Während ich weiter über das Problem nachdachte, kam ein Mann mit einer riesigen Wassermelone vorbei. Klick! machte es bei mir. Wassermelone! Das ist die Rettung! Mit einem Ruck stand ich auf.

Wassermelone war der ehemalige Torwart der Oberen. Er war ein bisschen merkwürdig, und weil er immer dicker und schwerfälliger geworden war, hatten sie ihn aus ihrer Mannschaft geworfen. Aber dick oder dünn war für uns jetzt nicht die Frage. Hauptsache, es fand sich überhaupt jemand.

Ich bat den Fleischer meine Petersilie im Auge zu behalten und rannte zum Fußballplatz.

Meine Kameraden sahen mich schon von weitem. Sie liefen auf mich zu und sangen dabei:

> »Petersilie, Petersilie,
> o wie wunderbar!
> Petersilie, Petersilie,
> macht die Augen sonnenklar!«

O nein!, dachte ich. Jetzt denken sie bestimmt, dass ich doch mitspielen kann.

»He, hört auf!«, rief ich. »Wartet erst einmal ab, was ich euch zu sagen habe.«

Aber meine Stimme kam gegen das Gegröle nicht an. Alle umarmten und beglückwünschten mich zu meiner heilen Rückkehr, als ob ich von einer Pilgerreise zurückgekommen wäre.

»Ich will euch doch nur einen Vorschlag machen«, versuchte ich es erneut. Vergeblich.

»Elfmeter schießen!«, schrie Sufian und mit Mahmuds Hilfe hob er mich auf seine Schultern und lief zum Tor. Mir blieb nichts anderes übrig, als mich hineinzustellen und von jedem Spieler einen Elfmeterschuss entgegenzunehmen.

Obwohl ich völlig erschöpft war, konnte ich dennoch sechs der zehn Schüsse halten.

Latif war begeistert und sang aus voller Kehle:

>Mister Petersilie steht im Tor
und die Oberen davor.
Alle Schüsse wehrt er ab
und die Oberen machen schlapp.«

»Schlapp! Schlapp!«, fielen die anderen ein.

Ich hätte nie gedacht, dass man so glücklich und traurig zugleich sein kann.

Als die allgemeine Begeisterung etwas nachließ, sagte ich leise: »Ich bin eigentlich nur gekommen um euch einen Ersatztorwart vorzuschlagen.«

»Ich glaub, ich spinne!«, rief Sufian.

Die anderen schwiegen verblüfft.

»Und wen willst du uns als Torwart vorschlagen?«, fragte Mahmud schließlich.

»Wassermelone«, sagte ich zaghaft.

»Wassermelone!«, stöhnte Sufian und ließ sich wie ein Sack in den Sand fallen.

Die anderen sahen mich an, als hätte ich den Verstand verloren. Doch nach einer kurzen Pause sagte Latif: »Warum nicht? Versuchen können wir es ja. Besser als nichts ist er allemal.«

»Ich werde ihn fragen«, sagte ich und ging.

5

Nachdem ich mit dem Verkauf an diesem Tag fertig war, lief ich in das Viertel der Oberen. Hier stand ein prächtiges Haus neben dem anderen, umgeben von hohen Mauern oder dichten Hecken, hinter denen man manchmal schöne Gärten erkennen konnte. In diesen feinen Straßen hatte ich immer ein mulmiges Gefühl im Bauch. Ich stellte mir vor, dass an jeder Ecke ein Aufseher hinter den wohl gestutzten Hecken hervortrat und mir ein »Weg hier!« entgegenzischte.

Das war natürlich Unsinn. Im Viertel der Oberen begegnete mir fast nie jemand und schon gar kein Aufseher. Alles wirkte so einsam, als ob in den prächtigen Villen gar keiner wohnte. Niemals sah ich Kinder in den Gärten spielen und es gab kein Rufen und Lachen. Ich hätte mit keinem dieser unsichtbaren Leute hier tauschen wollen – höchstens, was ihre Gärten anbetraf.

Mutter hatte mir erzählt, dass wir früher auch einen schönen großen Garten gehabt hatten. Immer wenn ich in dieses Viertel hier kam und die Zitronen und Granatäpfel an den Bäumen hängen sah, stellte ich mir vor, wie es wäre, wenn wir nicht aus unserem Land hätten fliehen müssen. Wir würden heute lustige Grillfeiern im Garten veranstalten, süße Trauben direkt von der Laube auf den Teller pflücken und unsere Petersilie aus dem eigenen Garten holen, nur für uns und nicht zum Verkaufen…

Aber diese Träume nützten jetzt nichts. Statt Luftschlösser zu bauen, sollte ich mich lieber um das kümmern, was ich vorhatte. Wassermelone wohnte links neben der Kirche, das wusste ich. Und weil dort auf dem großen Grundstück nur ein Haus stand, musste es das wohl sein.

Vor dem Eingangstor angekommen, blieb ich erst einmal stehen. Wie hieß er eigentlich richtig? Ich konnte doch schlecht klingeln und nach Wassermelone fragen. Seinen Eltern gefiel der Spitzname bestimmt nicht. Ich hatte Wassermelones Namen früher einmal gewusst, aber jetzt wollte er mir einfach nicht mehr einfallen.

Seit dem Sommer vor zwei Jahren hieß Wassermelone Wassermelone. Und das hatte er sich selbst zuzuschreiben. Die Sache war nämlich so gewesen: Als der vorige Torwart der Oberen mit seiner Familie fortzog, wurde Wassermelone zu seinem Nachfolger bestimmt.

Sein erstes Spiel war gegen uns. Es herrschte eine Knallhitze und wir Spieler liefen viel langsamer als sonst auf das Spielfeld. Als Letzter erschien Wassermelone. Vor dem Bauch trug er eine riesige Wassermelone. Er setzte sich erst einmal ins Tor, zückte ein Messer und schlachtete die Melone. In Windeseile verzehrte er eine Scheibe nach der anderen, und kurz bevor der Schiedsrichter den Anpfiff gab, warf er, gerade noch rechtzeitig, das letzte Stück Schale weg. Er hatte die ganze Melone alleine aufgegessen!

Schon damals war er nicht der Allerdünnste gewesen. Aber nach dieser gierigen Melonenmahlzeit hatte er einen solch geblähten Bauch, dass es aussah, als würde eine hochschwangere Frau im Tor stehen.

Durst hatte Wassermelone danach wohl keinen mehr. Doch er ließ das Tor dreimal herrenlos stehen, weil er pinkeln gehen musste. Es war für uns Ehrensache, während seiner Abwesenheit kein Tor zu schießen. Aber beim Spiel war er so träge und ungelenk, dass unsere Mannschaft 5:0 gewann.

Von diesem Tag an nannten ihn alle Kinder Wassermelone.

Jetzt stand ich hier vor dem schmiedeeisernen Tor der Villa und wusste nicht weiter. Ich hoffte, dass irgendwann ein Kind herauskommen würde, das ich fragen konnte. Bei so einem riesigen Haus wären bei uns im Flüchtlingslager mittlerweile bestimmt hundert Kinder ein und aus gegangen. Hier jedoch wartete ich und wartete, aber keiner kam oder ging. Das Haus wirkte wie ausgestorben.

Hieß er Ali, Amin oder Amir? Anwar, Bakri, Badr oder Baschir? Nein. Verzweifelt ging ich das Alphabet durch. Als das auch nicht half, gab ich mir einen Ruck und klingelte einfach. Das Haus hatte eine Sprechanlage und ich hoffte, dass ein Kind antworten würde.

Aber Pech gehabt. Eine Frauenstimme fragte, wer da sei.

»Mister ... ähm ... Habib«, stammelte ich in das Sprechgerät. »Ich hätte gerne Ihren Sohn gesprochen.«

Nach einem Moment Stille sagte die Stimme: »Du meinst wohl Wassermelone. Moment! Komm rein!« Dann machte es »klick«.

O Mann, war ich erleichtert. Die ganze Angst war umsonst gewesen. Sogar seine Mutter nannte ihn Wassermelone!

Es summte und das Tor öffnete sich wie von Geisterhand. Ich ging durch den Vorgarten, vorbei an üppig blühenden Rosenbüschen. An der Haustür ließ mich eine junge Frau herein. »Er ist oben«, sagte sie.

Unwillkürlich wanderte mein Blick zur hohen Decke des Treppenhauses, wo ein riesiger Kronleuchter baumelte, der über und über mit glitzernden Kristallen behangen war. Ich kam mir vor wie in einem Märchen, als ich langsam, Stufe für Stufe, die gewundene Treppe nach oben ging. Das Geländer war aus dunklem Holz geschnitzt, in das hell schimmernde Muschelstücke eingelegt waren, die verschiedene Muster bildeten. So etwas Kostbares hatte ich noch nie gesehen und ich ließ vorsichtig meine Finger darüber gleiten. Auch die

Treppe mit dem weichen Läufer beeindruckte mich. Und in der oberen Etage angekommen, versanken meine Füße in einem wunderschönen, seidig glänzenden Teppich. O Mann!

Die Tür zum ersten Raum in diesem Stock stand weit offen und ich ging darauf zu. Wassermelone saß darin, in eine Sofaecke gekauert, und sah fern. Vor ihm, auf einem wie das Treppengeländer geschnitzten Tischchen, stand eine Schüssel mit irgendetwas Essbarem darin. Das wunderte mich gar nicht. Um so auszusehen wie er musste man den ganzen Tag essen, sonst schaffte man es nicht.

»Magst du Schokoladenpudding?«, fragte er mich mit vollem Mund und wies auffordernd auf die Schüssel.

Normalerweise wäre mir schon bei dem Wort das Wasser im Mund zusammengelaufen. Aber in dieser feinen Umgebung hier verspürte ich einen Knoten im Magen. Unschlüssig sah ich auf den Pudding, der verlockend duftete.

»Hmm, ja«, sagte ich schließlich und setzte mich auf die Kante des zweiten Sofas.

Wassermelone klatschte laut in die Hände, so wie es hochnäsige Leute Kellnern gegenüber tun. »Schokoladenpudding für Mister Petersilie!«, brüllte er dann.

»So redest du mit deiner Mutter?«, flüsterte ich entsetzt.

»Meine Mutter? Spinnst du?«, erwiderte Wassermelone. »Das ist unsere Haushälterin.«

Haushälterin?, dachte ich befremdet. Und plötzlich fühlte ich mich noch unwohler, weil ich mir fehl am

Platz vorkam. Vielleicht war es doch keine so gute Idee gewesen, gerade Wassermelone wegen des Torwartproblems zu fragen. Aber dann fiel mir ein, was Latif gesagt hatte: Besser als nichts ist er allemal. Daher nahm ich mich zusammen und kam endlich zur Sache: »Eigentlich bin ich hier um dich etwas zu fragen. Ich kann für längere Zeit nicht mehr Torwart sein. Willst du vielleicht für mich einspringen?«

»Was? Meinst du das wirklich?«, rief Wassermelone und stand auf.

»Ja.«

»Und du machst keinen Spaß, Mister Petersilie?«, fragte er noch einmal nach.

»Nein.«

»Schwöre es«, verlangte er.

»Ich schwöre«, sagte ich und wunderte mich, dass Wassermelone so aus dem Häuschen geriet. Er tat gerade so, als hätte ich ihm einen Orden verpasst.

»Schwöre es noch einmal bei dem Leben deines Vaters«, rief Wassermelone und seine Augen glänzten.

Ich schluckte und sagte: »Das kann ich nicht. Er ist tot.«

»Oh. – Na gut, ich glaube es dir auch so«, sagte Wassermelone schließlich. Er hatte ein ganz rotes Gesicht.

»Schön, dann kommst du morgen auf den Fußballplatz, zu unserer Mannschaft«, sagte ich. »Aber nur unter einer Bedingung: Du bringst keine Wassermelone mit, weder beim Training noch beim Spiel.«

»Einverstanden«, sagte Wassermelone, fügte aber übermütig hinzu: »Und was ist mit einer Honigmelone?«

Ich sah ihn mit gerunzelter Stirn an.

»Okay, okay«, sagte er lachend und stieß mich in die Seite. »Nichts Meloniges außer Wassermelone selbst.« Dabei klopfte er sich auf seinen dicken Bauch. »Und heute bist du mein Gast. Was möchtest du essen?«

»Du hast mir doch schon einen Schokoladenpudding bestellt«, wehrte ich ab. »Das reicht.«

»Papperlapapp«, sagte Wassermelone, klatschte in die Hände und brüllte: »Dreimal Schokoladenpudding für Mister Petersilie!«

Ich zuckte zusammen. »Kannst du das Händeklatschen nicht sein lassen?«

Er schaute mich verständnislos an und zuckte dann mit den Schultern.

»Klar«, sagte er und rief: »Dreimal Schokoladenpudding ohne Händeklatschen!«

»Nein, nur einen!«, wehrte ich ab.

»Nur einmal«, brüllte er.

6

»Heute haben wir sechs Stunden«, sagte ich zu meiner Mutter. »Ich hole gleich die Petersilie und bringe sie schon mal zum Fleischer.«

»Nimm dir was zu essen mit«, riet Mutter mir besorgt. »Du bist bald nur noch Haut und Knochen, wenn du so weitermachst.«

Sie achtete ständig darauf, dass ich auch genügend aß. Dabei war sie es doch, die jetzt besonders gutes Essen nötig hatte.

»Ich habe mir Proviant eingesteckt«, beruhigte ich sie. »Und das hier ist dein Essen.« Ich stellte ihr einen Teller in Reichweite.

Heute gab es bei uns Fladenbrot, das ich mit Olivenöl

beträufelt und mit Oregano bestreut hatte.

Bevor ich ging, sah ich mich in unserem Haus noch einmal genau um, ob alles in Ordnung war. Mutter hatte einen Krug Wasser zum Trinken, der Boden war gefegt und das Herdfeuer war aus.

»Tschüss dann«, sagte ich und ging.

Nach der Schule setzte ich mich mit dem Petersilientablett vor die Tür des Fleischers und sang das Lied von der »Königin des Salats«. Dann öffnete ich meinen Proviantbeutel und holte das köstlich duftende Fladenbrot heraus. Noch bevor ich den ersten Bissen machen konnte, stand Wassermelone vor mir.

»Leg zwei Bund Petersilie beiseite«, bat er mich. »Unsere Haushälterin kommt nachher vorbei und holt sie. Wir werden ab jetzt unsere Petersilie nur noch bei dir kaufen.«

»Magst du auch ein Stück von meinem Brot?«, fragte ich ihn höflichkeitshalber, hoffte aber, er würde das Angebot ausschlagen.

Zu meiner Enttäuschung ließ sich Wassermelone jedoch neben mich plumpsen und sagte: »Na gut, ich esse ein wenig – weil du es bist.«

O Allah, steh mir bei!, betete ich im Stillen. Wenn Wassermelone Ernst macht, wird er mein Mittagessen in drei Bissen wegputzen, und ich muss heute fasten. Bitte, Allah, lass mich nicht im Stich!

Und es klappte tatsächlich. Mein Gebet wurde erhört. Wassermelone betrachtete das Brot und verzog das Gesicht.

»Sag bloß, dieser Fraß ist dein ganzes Mittagessen!?«, rief er erstaunt aus. »So was würde ich nicht einmal dann essen, wenn ich am Verhungern wäre. Trotzdem, ich wünsche dir Guten Appetit.«

Er stand auf und ging.

Dummer, aufgeblasener Kerl, dachte ich, war aber froh, dass ich mein Brot ganz alleine essen konnte.

Als der Muezzin zum Abendgebet rief, hatte ich immer noch drei Bund Petersilie übrig. Wer will die so spät noch kaufen?, fragte ich mich besorgt.

Ein Mann mit einem großen Beutel Reis kam vorbei. Schnell sang ich:

> »Petersilie, Petersilie,
> passt wunderbar zum Reis!
> Petersilie, Petersilie,
> jetzt zum halben Preis!«

Es klappte. Der Mann kam zu mir herüber.

»Wie viel ist das, zum halben Preis?«, fragte er.

»Die letzten drei Bund für eineinhalb Lira«, antwortete ich. »Normalerweise kosten sie das Doppelte.«

»Eineinhalb Lira ist immer noch zu viel«, entgegnete der Mann. »Eine Lira für alle drei.«

»Eine Lira?«, protestierte ich. »Aber ich habe sie für eineinhalb gekauft.«

»Eine Lira.« Der Mann blieb hartnäckig.

Was sollte ich machen? Ein anderer Kunde würde wohl kaum kommen. Und bis morgen würde die Petersilie welk sein. Also gab ich nach und verkaufte ihm die restliche Petersilie für eine Lira.

Dann nahm ich das leere Tablett, packte meine Tüte mit der Schuluniform und wollte gehen. Doch was sah ich hinter der Tüte auf dem Boden liegen? Die beiden für Wassermelone zurückgelegten Bund Petersilie. O nein! Seine Haushälterin würde jetzt ganz bestimmt nicht mehr kommen. Ich setzte mich also wieder hin und sang weiter Petersilien-Lieder. Wenn jemand mit einem Kopf Salat vorbeikam, passte die Petersilie in meinem Lied zum Salat. Hatten die Leute Tüten mit Tomaten, rief ich: »…passt wunderbar zu Tomaten!«

So passte die Petersilie einmal zu Kürbis, einmal zu Gurken, dann zu Auberginen, und einmal sogar versehentlich zu Äpfeln!

Trotzdem kam kein Käufer. Und je länger ich rief, desto wütender wurde ich auf Wassermelone. Er hatte die beiden Bund bestellt, also musste er sie auch kaufen. Deshalb beschloss ich, sie ihm zu bringen.

Ich packte meine Sachen zusammen und machte mich auf den Weg.

7

»Ah, tut mür Loid«, nuschelte Wassermelone mit vollem Mund, als mich die Haushälterin zu ihm ins Esszimmer führte. »Hobe üch gonz vorgössen!«
O Mann! Während ich wegen seiner Petersilie dumme Lieder gesungen hatte, hatte er hier vor seinen Schlemmereien gesessen und eine nach der anderen in sich hineingeschaufelt! Eigentlich war ich nie neidisch auf andere Leute, aber das fand ich doch zu viel. Ich wedelte ihm mit der Petersilie vor der Nase herum.
»Wie viel kostet die?«, fragte Wassermelone, jetzt mit halb vollem Mund.
»Zwei Lira«, antwortete ich. »Bitte sehr.«
»Zwei Lira? *Drei* Lira!«, sagte Wassermelone und klatschte in die Hände. »Drei Lira für die Petersilie

von Mister Petersilie!« Aber plötzlich hielt er mit Klatschen inne und rief: »Halt, halt! Drei Lira ohne Händeklatschen!«

Da musste ich lachen.

»Setz dich!«, forderte Wassermelone mich auf. »Hast du Hunger?«

Bei all diesen feinen Köstlichkeiten ließ ich mir das nicht zweimal sagen und setzte mich hin.

Die Haushälterin kam und brachte die drei Lira für die Petersilie.

»Mister Petersilie ist mein Gast. Bring ihm etwas zu essen«, befahl Wassermelone. »Was möchtest du?«, wandte er sich dann an mich.

»Was da ist«, sagte ich und wagte nicht die Haushälterin anzusehen. Mir war sowieso nicht ganz wohl dabei, wenn ich bedient wurde. Und jetzt sollte ich der Gast eines so unverschämten Jungen sein.

»Was-da-ist haben wir nicht«, sagte die Haushälterin und zwinkerte mir zu.

Sie klang gar nicht gekränkt. Vielleicht war sie noch Schlimmeres gewohnt.

Wassermelone stopfte weiter von den Leckereien in sich hinein. Er verbrachte bestimmt die Hälfte seines Lebens kauend!

»Mogst du Gögrölltes?«, nuschelte er.

»Ja gern«, antwortete ich, denn ich mochte alles, was essbar war.

»Wos denn? Höhnchenkoile? Hockbroten?« Er schluckte und fuhr fort: »Fleischbällchen? Oder Lammspieße?«

Durch diese große Auswahl eingeschüchtert antwortete ich wieder: »Was da ist.«

»Was-da-ist ist uns ausgegangen«, sagte die Haushälterin und fügte aufmunternd hinzu: »Du darfst auswählen.«

»Bring oinfoch olles«, beendete Wassermelone ungeduldig die Unterhaltung.

O Hilfe! Als »olles« gebracht wurde, traute ich meinen Augen kaum. Eine riesige Platte mit verschiedenen Fleischsorten wurde vor mir auf den Tisch gestellt. Es gab Gegrilltes, Gebratenes und Gebackenes.

»Kommt noch jemand?«, fragte ich vorsichtig.

»Nein, warum?« Wassermelone sah mich verständnislos an.

»Soll das alles nur für uns beide sein?«

»Klar«, sagte er und lachte. »Meine Eltern sind in Urlaub und die Haushälterin isst in der Küche.«

Ich nahm eine der knusprigen Hähnchenkeulen und biss hinein.

»Das hier, das schmeckt wirklich gut«, pries er ein Lammkotelett an und schob es mir zu. »Aus Neuseeland, das ist das Feinste! Oder das hier.« Er schob zwei Fleischspieße hinterher.

Während ich noch an meiner Hähnchenkeule nagte, stand Wassermelone auf und ging aus dem Zimmer.

Schnell löste ich die Fleischstücke von den Spießen und steckte sie mir in die Hosentasche. Die werden Mutter sicher gut tun, dachte ich.

»Na, schmeckt's?«, fragte Wassermelone, als er zurückkam.

»Ja, sehr«, murmelte ich und nahm mir das Kotelett vor.

»Von dem Hackbraten musst du auch probieren«, sagte Wassermelone. »Der schmeckt riesig, auch wenn keine Petersilie von dir drin ist. Aber das wird sich ja demnächst ändern.«

»Hör mal, Wassermelone«, begann ich. »Du musst mir wirklich nicht so viel schenken – nur weil ich dich als Torwart vorgeschlagen habe. Ich…«

»Nein«, unterbrach er mich, »deshalb nicht, sondern weil du mein bester Freund geworden bist.«

Bester Freund?, dachte ich und fühlte mich unwohl. Unter einem Freund verstand ich etwas ganz anderes! Eigentlich kannten wir uns gar nicht. Und manchmal war Wassermelone so schrecklich großtuerisch. Aber jetzt war er plötzlich wie verwandelt. Er sah mich fast bittend an. Ob er sich vielleicht einsam fühlt?, überlegte ich. Bestimmt ließe es sich mit einem solchen Freund gut leben. Im ganzen vergangenen Jahr hatte ich nicht so viel Fleisch gegessen, wie heute auf meinem Teller lag...

Aber noch ehe ich etwas dazu sagen konnte, war Wassermelone wieder ganz der gewohnte Angeber und fragte gestelzt: »Was wünschst du dir als Nachspeise?« Dabei tat er wie ein vornehmer Kellner. »Ist dem Herrn Schokoladenpudding genehm?«

Der hat letztens wunderbar geschmeckt, erinnerte ich mich und nickte, obwohl in meinem Magen kaum mehr Platz war.

Wassermelone stieß einen schrillen Pfiff aus und rief: »Schokoladenpudding, doppelte Portion!«

Zum Glück bekam er keine Antwort. Ich an Stelle der Haushälterin würde ihm gar nichts bringen! Jetzt verstand ich allmählich, warum Mutter immer so sehr auf meine Ausbildung bedacht war. Vielleicht hatte ich dann wirklich mehr Möglichkeiten und es würde mir nicht so ähnlich ergehen wie der Haushälterin, die ständig solche Schikanen ertragen musste.

Der Appetit war mir vergangen. Wenig später kam die Haushälterin dann aber doch mit dem Pudding.

»Wenn du das mit dem Pfeifen noch mal machst, tu ich dir Pfeffer in deinen Schokoladenpudding«, sagte sie zu Wassermelone und knallte ihm die Dessertschale vor die Nase. Mir stellte sie den Pudding sanft hin.

»Küsschen!«, machte Wassermelone und pustete ihr einen Kuss zu.

»Spinner!«, sagte sie und ging.

Ich verstand gar nichts mehr. Vielleicht gingen sie immer so miteinander um ohne sich böse zu sein. Doch irgendwie war mir das zu kompliziert. Obwohl ich so gut gegessen hatte, war ich am Ende sehr erleichtert, als ich den Besuch hinter mir hatte.

Zu Hause holte ich die Fleischstücke aus meiner Hosentasche, säuberte sie und legte sie auf einen Teller.

»Guten Appetit!«, wünschte ich Mutter, als ich ihn ihr ans Bett brachte.

Mutter schaute zuerst auf das Fleisch, dann auf mich, dann wieder auf das Fleisch. Dabei wirkte sie so verwundert, als ob der Teller von einem Stern auf die Erde gefallen wäre. Ihr sowieso schon bleiches Gesicht wurde noch blasser.

»Woher hast du das?«, fragte sie leise.

»Geschenkt bekommen«, antwortete ich, doch meine Stimme klang etwas kratzig.

»Wer schenkt einem heutzutage Fleisch? Selbst wenn du das ganze Lager abläufst und an jeder Tür um Fleisch bettelst, wirst du kein bisschen bekommen. – Schau mich an und sag die Wahrheit.«

»Na ja, nicht direkt geschenkt bekommen«, gab ich zu und erzählte ihr die ganze Geschichte.

Mutter sah mich traurig an und sagte: »Wenn Allah nicht verboten hätte Essen wegzuwerfen, würde ich das hier den Katzen geben.«

Das fand ich ein bisschen übertrieben. Sie wusste doch jetzt, dass ich das Fleisch weder gestohlen noch erbettelt hatte. Aber Mutter war sehr stolz und wollte von Leuten wie Wassermelone kein Almosen annehmen.

Als ich später den leeren Teller fortnahm, strich Mutter mir leicht über den Arm. »Ich weiß, dass du es nur gut gemeint hast«, sagte sie.

8

Sehr früh am Morgen klopfte es an unserer Tür. Mit halb offenen Augen ging ich nachschauen.

Es war die Knochenheilerin, mit zwei Krücken in der Hand.

»Hurra!«, rief ich. »Mama, die Krücken sind da!«

»Na, wie geht es?«, fragte die Heilerin und trat an Mutters Bett.

»Gut, Allah sei Lob und Dank«, antwortete Mutter.

»Dann lass dich mal ansehen.«

Kaum hatte die Heilerin das verletzte Bein nur ein wenig angehoben, da schrie Mutter schon auf und bekam wieder ein blasses Gesicht.

»Tut es so weh?«, erkundigte sich die Heilerin besorgt.

»Nein, nur wenn ich mich bewege«, erwiderte Mutter.

»Hast du gut gegessen, so wie ich es dir geraten habe?«

Als Mutter nicht direkt antwortete, sah die Heilerin mich an. Ich schüttelte kaum merklich den Kopf.

Mutter dachte an sich selbst immer zuletzt. Seit ich denken konnte, hatte sie mir beim Essen die besten Stücke zugeschoben. Ich sollte auch jedes Mal die größere Portion bekommen. Deshalb hatte ich mir angewöhnt zu sagen, das sei mir zu viel, auch wenn ich gut und gerne das Doppelte hätte verdrücken können. Diese List klappte manchmal. Aber meist durchschaute Mutter mich und gab mir doch den Großteil des Essens. Seit Vaters Tod hatte sie sich nie etwas gegönnt. Wenn man ihr nur ein Stückchen Brot mit etwas Salz gab, war sie schon dankbar!

Die Heilerin klopfte an mehreren Stellen auf den dicken, festen Verband und Mutter schrie immer wieder auf.

»Die Wahrheit will ich hören!«, verlangte die Heilerin. »Was hast du gegessen?«

»Nun, was man so isst«, antwortete Mutter ausweichend.

»Und was isst man so?« Die Heilerin zog die Augenbrauen hoch.

»Was Allah gibt.«

»Aha, was hat es denn zum Beispiel gestern gegeben?«, hakte die Heilerin nach.

»Einen leckeren Salat. Den hat mein Junge zubereitet«, antwortete Mutter und wies auf mich. »Möge Allah seine Hände beschützen.«

»Nur Salat?«

»Das hat gereicht.«

Die Heilerin stöhnte auf. »Ich meine etwas Kräftiges, etwas Nahrhaftes und Aufbauendes für den Knochen. Nicht nur einmal am Tag Salat. Unter einer richtigen Aufbaukost verstehe ich zum Beispiel, dass man morgens Kichererbsen-Sesam-Püree isst, mittags viel frisches grünes Gemüse mit Weizenschrot oder einen Bohneneintopf und abends Käse- oder Spinatpasteten und ab und zu auch einmal etwas Huhn oder Fleisch.«

»O ja, letzte Woche hatte ich acht Stückchen Lammfleisch vom Spieß«, erinnerte sich Mutter.

»Aha«, sagte die Heilerin und nickte vor sich hin. »Und das war dann wohl alles, vermute ich. – So geht es nicht. Wenn du in dieser Weise weitermachst, wirst du überhaupt nicht mehr aus dem Bett herauskommen.«

Ich erschrak. Mutter sah wirklich nicht gut aus.

»Ach was«, winkte sie jetzt ab. »Ich bin doch rüstig und keine alte Frau. Mit den Krücken kann ich sicher gehen.«

»Dann zeig es mir.«

Mutter setzte sich auf und schob die Beine langsam zur Bettkante. Als das verletzte Bein frei baumelte, biss Mutter sich auf die Lippen und wurde wieder kreidebleich. Die Heilerin reichte ihr die Krücken.

Mutter versuchte sich langsam an den Krücken hochzuziehen, doch sie konnte einen Schmerzensschrei nicht unterdrücken und ließ sich auf ihr Bett zurücksinken. Wir halfen ihr sich wieder hinzulegen.

»Siehst du«, sagte die Heilerin. »Das habe ich befürchtet. Hättest du auf meinen Rat gehört, könntest du nun mit Hilfe der Krücken gehen. Der Bruch selbst ist nämlich nicht sehr schlimm. Leider kann ich dir jetzt nach wie vor nur raten: Du musst viel essen, essen, essen!« Sie stand auf und nahm die Krücken. »In zwei Wochen komme ich wieder.«

»Kannst du mir die Krücken nicht hier lassen?«, bat Mutter. »Ich versuche es dann später noch einmal.«

»Nein, die darfst du noch nicht benutzen. Solange du nicht kräftig genug bist, ist jede Anstrengung schädlich. Vielleicht beim nächsten Mal«, sagte die Heilerin und ging.

Ich merkte, wie Mutter versuchte ihre Tränen zu unterdrücken, bestimmt meinetwegen. Da ging ich schnell zu ihr, deckte sie gut zu und gab ihr einen Kuss.

»Mach dir keine Sorgen, Mama«, versuchte ich sie aufzumuntern. »Heute ist schulfrei, da werde ich bestimmt so viel verdienen, dass ich dir frisches grünes Gemüse, ein halbes Pfund Fleisch und vielleicht sogar etwas Obst kaufen kann.«

Und ich machte mich schnell auf den Weg zum Großmarkt.

9

»Dieser Haufen Petersilie hier«, schrie der Versteigerer auf dem Großmarkt. »Diese drei großen Bündel mit je dreißig Bund. Alles zusammen für zwanzig Lira. Zwanzig Lira, Leute, wer bietet mehr?«

»Ich, einundzwanzig«, rief ich.

»Einundzwanzig. Der Junge bietet einundzwanzig.« Die stets heisere Stimme des Versteigerers schallte weit über den Platz. Es waren nicht so viele Leute da wie sonst.

»Zweiundzwanzig«, bot ein junger Mann.

»Dreiundzwanzig«, rief ich.

»Vierundzwanzig«, überbot mich eine alte Frau und fügte hinzu: »Das reicht dann auch.«

»Vierundzwanzig für die Hadscha«, schrie der Versteigerer. »Wer bietet mehr?«

Warum erhöht keiner das Angebot?, dachte ich. Und wo
sind die anderen Petersilieverkäufer aus dem Flüchtlingslager? Zumindest Mariam müsste hier sein. Sie
war etwas älter als ich und hatte ihren Petersilie- und
Minzestand neben dem Bäcker. Das war nicht gerade
der beste Standort. Aber viele Leute kauften Petersilie
nur bei ihr, weil sie wussten, dass Mariam ihre drei jün-
geren Schwestern alleine versorgen musste.

Bestimmt sind sie alle noch nicht da, weil es so früh
ist, gab ich mir selbst zur Antwort. Ab jetzt werde ich
immer zu dieser Zeit herkommen und auch Mutter
Bescheid sagen, dass sie so früh einkaufen soll. Dann
kriegen wir die Petersilie zu einem besseren Preis.

»Fünfundzwanzig«, rief ich.

»Fünfundzwanzig«, wiederholte der Versteigerer.
»Wer bietet mehr? Wer bietet mehr?«

Keiner bot mehr.

»Fünfundzwanzig zum Ersten, fünfundzwanzig zum
Zweiten und fünfundzwanzig zum Dritten. Die Petersilie gehört dem Jungen.« Der Versteigerer schob den
Haufen Petersilie mit dem Fuß beiseite und wandte
sich dem nächsten Haufen zu.

Ich freute mich sehr und drängte mich nach vorne um
meine Petersilie zu holen. Von so einem billigen Einkauf hatte ich nicht einmal zu träumen gewagt.

Nachdem ich bezahlt hatte, steckte ich die Petersilie in
einen großen Jutesack und schwang ihn mir auf den
Rücken. Dann eilte ich zu unserem Stammplatz vor

dem Fleischerladen. Ich rechnete mir aus, dass ich heute 65 Lira verdienen könnte, wenn ich die Petersilie je Bund für eine Lira verkaufen würde.

»Das ist klasse, Mister Petersilie«, lobte ich mich. »Das hast du wirklich gut gemacht. Weiter so!«

Der Fleischer putzte das Schaufenster seines Ladens. Die Tür stand weit offen und innen war alles zur Seite gerückt. Das sah sehr nach Großreinemachen aus. Anstelle des typischen Geruchs nach kaltem, rohem Fleisch duftete es nach Zitrone.

»Einen wunderschönen guten Morgen«, grüßte ich fröhlich.

»Guten Morgen«, brummte der Fleischer. »Na, schon so früh auf den Beinen? Wie geht's deiner Mutter?«

»Nicht so gut«, antwortete ich. »Die Heilerin war vorhin bei uns und hat gesagt, dass Mutter immer noch nicht aufstehen darf. Das liegt daran, dass sie nicht genug Kräftigendes gegessen hat.« Ich verstummte. Eigentlich war ich schuld an dem Ganzen, überlegte ich. Ich hatte in letzter Zeit zu wenig Geld verdient.

»Aber das wird sich jetzt ändern«, sagte ich und schaute glücklich auf die Petersilie. »Heute bekommt Mutter etwas Gutes. Ich werde Kufta-Hackbraten machen. Heb für uns bitte ein viertel Kilo Lammhackfleisch auf.«

»Was soll ich aufheben?«, fragte der Fleischer und seine Stimme klang merkwürdig.

»Ein viertel Kilo Lammhackfleisch«, wiederholte ich.

»Ich werde es auch ganz sicher bezahlen. Heute werde ich bestimmt gut verdienen.« Und stolz fügte ich hinzu: »Ich habe nämlich einen sehr guten Kauf gemacht.«

»Was hast du?« Der Fleischer ließ seinen Lappen fallen und drehte sich zu mir um. »Sag bloß nicht, dass du auch *heute* Petersilie eingekauft hast.« Dann sah er den prall gefüllten Jutesack und stöhnte.

»Natürlich, warum denn nicht?«, erwiderte ich, aber mich beschlich das dunkle Gefühl, dass irgendetwas ganz und gar nicht in Ordnung war.

»Was für ein Unglück!«, rief der Fleischer auch schon aus. »Hat dir dein Freund denn nicht meine Nachricht gebracht?«

»Mein Freund?«

»Ja, der mit den Segelohren.«

»Sufian? Nein, den habe ich schon lange nicht mehr gesehen«, sagte ich, »weil ich doch nicht mehr Fußball spiele. Was für eine Nachricht?«

»Dass du heute keine Petersilie kaufen sollst«, sagte der Fleischer und schaute bekümmert auf mein Grünzeug.

»Und warum nicht?«

»Weil es heute hier bei uns im Lager kein Fleisch gibt, mein Junge.«

»Das darf doch nicht wahr sein!«, rief ich verzweifelt aus. Jetzt wurde mir so einiges klar: Warum die anderen Petersilieverkäufer nicht auf dem Großmarkt gewesen waren und weshalb die Petersilie heute so billig gewesen war. Wenn es kein Fleisch gab, wollte auch kaum jemand Petersilie kaufen.

Der Fleischer sah mich mitleidig an.

Heiße Wut stieg in mir hoch. Ich ließ den Sack Petersilie liegen und rannte zu Sufian nach Hause.

Dort hämmerte ich wie wild an die Tür.

»Sufian!«, brüllte ich. »Sufian!«

Er öffnete und rieb sich noch ganz verschlafen die Augen.

»Du willst mein Freund sein?«, schrie ich so laut, dass meine Stimme beinahe umkippte.

»He, was ist denn los?« Sufian wich zurück und riss die Augen auf.

»Du hast mich ruiniert«, rief ich.

»Wie soll ich dich ruiniert haben?«

»Das fragst du noch?« Ein dicker Kloß steckte mir in der Kehle.

»Was ist denn los?«, fragte Sufian.

»Der Fleischer… Du hast mir nicht gesagt, dass…« Ich brachte keinen zusammenhängenden Satz mehr heraus, aber Sufian verstand auch so.

»O nein!« Er schlug sich mit der flachen Hand vor die Stirn. »Das habe ich völlig vergessen.«

»Vergessen?! Ja, klar – es ist ja auch egal, dass der dumme Mister Petersilie den ganzen Großmarkt aufkauft, während alle anderen wissen…«

Ich kämpfte mit den Tränen.

»Das tut mir wirklich Leid«, sagte Sufian.

»Leid tut dir das? Das hilft mir wenig. Damit kann ich kein Hackfleisch für meine Mutter kaufen! Und kein frisches Gemüse!« Zornig drehte ich mich um und ging.

10

Verzweifelt saß ich vor dem Fleischerladen und bemühte mich, zumindest etwas von dem riesigen Haufen Petersilie zu verkaufen.

Alle Anpreislieder sang ich mehrmals durch, aber kein Käufer tauchte auf. Na ja, es kamen einige, aber die wollten nur ein paar Stängel Petersilie für ihren Salat haben.

Was sollte ich bloß tun? Wenn Mutter das erfuhr, würde sie sehr betrübt sein.

Von weitem sah ich Sufian angerannt kommen. Schnell drehte ich den Kopf in die andere Richtung und tat so, als hätte ich ihn nicht gesehen.

»He, Mister Petersilie«, rief er atemlos.

Ich gab keine Antwort.

»Mann, sei doch nicht so«, drängte er.

Das hatte ich nicht gewusst. Ich sah Sufian hinterher, der Richtung Fußballplatz schlenderte. Die zehn Lira klimperten in meiner Tasche. Schnell nahm ich meine Sachen und ging in das Viertel der Oberen.

Und tatsächlich, der Fleischer neben dem Kino hatte Hochbetrieb.

An einer günstigen Stelle setzte ich mich hin und breitete einen Teil der Petersilie auf dem Blechtablett aus. Und das Geschäft blühte. Manche Leute kauften sogar zwei oder drei Sträußchen. Und keiner feilschte um den Preis. Im Gegenteil, sie fanden meine Petersilie preiswert und lobten sogar ihre Frische.

Als der Muezzin zum Nachmittagsgebet rief, hatte ich gerade das letzte Bund verkauft. Der ganze Haufen Petersilie war weg! Ich hätte vor Freude jubeln können.

Dummerweise hatte ich vor lauter Eifer vergessen, etwas Petersilie für uns zurückzubehalten. Jetzt hatte ich keine mehr für den Kufta-Hackbraten, den ich Mutter zubereiten wollte. Also würde es etwas anderes geben. Ganz in der Nähe war ein Imbissstand. Ich ging hin und kaufte ein halbes Hähnchen. Dann holte ich beim Bäcker noch zwei Fladenbrote. Das würde ein Fest werden!

»Mama! Mach die Augen zu!«, rief ich, kaum dass ich zur Tür hereingekommen war. »Ich zaubere dir etwas.« Mutter schloss gehorsam die Augen und lächelte leicht.

Ich legte das halbe Hähnchen und die Brote auf einen Teller und stellte ihn ihr mit einem »Abrakadabra!« auf den Bauch.

»Ha!« Sie öffnete die Augen, machte dann aber ein erschrockenes Gesicht.

»Es ist nicht von Wassermelone«, sagte ich schnell.

»Alles selbst verdient.« Und ich erzählte ihr von meinem neuen Verkaufsplatz.

»O nein!«, rief sie aus. »Das geht nicht! Das ist gefährlich.«

»Warum?«, entgegnete ich. »Es lief alles wie am Schnürchen.«

»Dort dürfen wir nicht verkaufen«, erklärte sie mir. »Nur im Flüchtlingslager. Wenn die so genannten Ordnungshüter aus dem Rathaus dich dort oben beim Verkaufen erwischen, beschlagnahmen sie deine Ware und bestrafen uns. Das haben schon viele vor dir versucht. Es ist nicht erlaubt.«

»Iss, Mama, das Hähnchen wird kalt«, sagte ich schnell – um ihr nicht versprechen zu müssen dort nie wieder zu verkaufen.

11

Am nächsten Morgen war ich wieder ganz früh auf dem Großmarkt und kaufte für 50 Lira Petersilie ein. Weil ich das Grünzeug nicht mit zum Unterricht nehmen durfte, ging ich zu Mahmud. Sein Zuhause lag ganz nahe bei der Schule.

»Kann ich meine Petersilie bis heute Mittag bei euch lassen?«, fragte ich ihn.

»Klar, warum nicht?«, sagte Mahmud. »Wenn du mir dafür bei der Mathearbeit einen Spickzettel zuschiebst.«

»Mathearbeit?« Mir wurde ganz heiß. »Die habe ich völlig vergessen!«

»Deine Nerven möchte ich haben«, spottete Mahmud. »Ich schufte schon seit Tagen dafür, obwohl ich genau weiß, dass das alles nichts hilft.«

O Mann, diese Arbeit werde ich verhauen, dachte ich und kramte mein Matheheft aus der Plastiktüte mit meinen Schulsachen hervor. Auf dem kurzen Weg zur Schule versuchte ich noch ein bisschen zu lernen. Meine Augen waren aber so müde, dass ich beim Lesen ständig zwinkern musste.

Eigentlich machte mir Mathe Spaß und ich war ziemlich gut darin. Aber für eine Klassenarbeit keinen Handschlag zu tun konnte auch ich mir nicht leisten.

Der Vormittag war eine einzige Qual. Als ich den Unterricht und die Mathearbeit endlich überstanden hatte, fühlte ich mich so schwach wie nach einer schweren Krankheit. Zwar hatte ich bei allen Aufgaben eine Lösung hingeschrieben, aber ich ahnte jetzt schon, dass die meisten davon falsch waren.

Bei Mahmud wechselte ich meine Kleider. Die Schuluniform steckte ich in eine Plastiktüte, bevor ich sie zu der Petersilie in den Jutesack stopfte. Dann schwang ich mir den Sack auf den Rücken und machte mich auf zum Fleischer der Oberen.

Unterwegs betete ich: »O Du großer Allah, steh mir bei! Mach, dass der Lehrer mir schlimmstenfalls eine Vier minus gibt. Ich verspreche Dir auch, nie mehr im Leben eine Klassenarbeit zu vergessen. O Du großer Allah, gepriesen sei Dein Name, steh mir bei!«

Nach dem Gebet fühlte ich mich besser und voller Hoffnung ging ich einen Schritt schneller.

Beim Fleischer der Oberen hingen an diesem Tag

nicht nur vier geschlachtete Lämmer, sondern auch zwei riesige Kalbskeulen.

Das wird ein gutes Geschäft werden, dachte ich zufrieden und stellte meinen Jutesack ab.

Kaum hatte ich ihn geöffnet und ein paar Bund Petersilie auf meinem Tablett angeordnet, kamen bereits die Kunden.

Das Verkaufen klappte wieder so wunderbar wie am Tag zuvor.

Nach ungefähr zwei Stunden war ich ganz gespannt, wie viel ich schon verdient hatte. Ich musste unbedingt meine bisherigen Einnahmen zählen. 51 Lira und der Sack war immer noch fast voll!

Die 50 Lira, die Mutter und ich immer als Grundstock behielten, steckte ich in meine linke Hosentasche. Meinen ersten echten Verdienst für heute, die eine Lira, küsste ich jedoch und drückte sie dankbar an die Stirn, bevor ich sie in meiner rechten Hosentasche verschwinden ließ.

Wenn das so weitergeht, dachte ich, werde ich heute steinreich.

Fröhlich begann ich das Hackbraten-Lied zu singen. Doch dann passierte es plötzlich: Nach dem zweiten »Petersilie!« bauten sich zwei Männer vor mir auf.

»Na, was hast du denn da Schönes?«, fragte der eine, und ehe ich es richtig begriffen hatte, schnappten sie sich meinen Jutesack und das Tablett und gingen einfach damit weg.

»He, was soll das?«, schrie ich und rappelte mich auf. »Diebe! Diebe! Hilfe!«

»Schnauze!«, brüllte einer der Männer über die Schulter.

Es war nicht zu glauben. Die Männer spazierten einfach mit meinen Sachen davon. Sie rannten nicht einmal.

Ich aber lief ganz schnell und konnte einen von ihnen am Hemd fassen.

»Dieb! Dieb! Hilfe!«, brüllte ich dabei wieder.

Aus dem Augenwinkel sah ich den Fleischer und zwei andere junge Männer zu meiner Hilfe herbeieilen. Dann aber trat ein fein gekleideter Mann aus der Menschenmenge vor und versetzte mir eine solche Ohrfeige, dass ich dachte, der Kopf würde mir abfallen. Jammernd hielt ich mir das brennende Gesicht.

»Was ist los?«, hörte ich den Fleischer fragen. »Was macht ihr mit dem Jungen?«

Durch den Tränenschleier vor meinen Augen sah ich verschwommen, wie der feine Mann einen Ausweis aus seiner Jackentasche zog und ihn dem Fleischer hinhielt.

Da wurde mir alles klar. Das waren die so genannten Ordnungshüter, von denen Mutter gesprochen hatte. Was sollte ich jetzt machen? Meine Petersilie konnte ich vergessen.

Um mich herum war ein großer Tumult entstanden. Die Leute stritten darüber, ob es richtig sei mir die Sachen wegzunehmen oder nicht.

Dann fiel mir siedend heiß meine Schuluniform ein. Die war ja in dem Jutesack!

»Bitte, gebt mir wenigstens meine Schuluniform zurück«, rief ich.

Die drei Männer reagierten nicht.

»Bitte, Herr«, wandte ich mich flehend an den feinen Mann und zupfte an seinem Jackenärmel. »Meine Schuluniform! Möge Allah dir eine Pilgerfahrt nach Mekka ermöglichen.«

»Hau ab«, knurrte er und drehte sich wieder zu der eleganten Dame neben ihm um, die energisch auf ihn einredete.

Der Mann ist zu jung, überlegte ich, der will bestimmt noch nicht nach Mekka, obwohl das ja gar nichts mit dem Alter zu tun hatte. Aber vielleicht war er kein Muslim, sondern Christ.

»Mögen Jesus und die Jungfrau Maria dich beschützen«, rief ich hastig.

Wieder bekam ich nur ein »Hau ab!« als Antwort.

Vielleicht war er Jude. Wie hieß noch deren Prophet? Mose? Ja, Mose.

»Bitte, gib mir meine Schuluniform aus dem Sack«, rief ich und bastelte schnell einen Wunsch zusammen: »Möge der Prophet Mose seine Hand über dich halten und dir zehn Söhne schenken.«

»Ab mit dir, du Rotznase!«, schrie der Mann und hob drohend die Hand.

Ich wich zurück.

Wenig später musste ich hilflos mit ansehen, wie die drei Männer in ein großes Auto stiegen und fortfuhren – mitsamt der Petersilie, dem Tablett und meiner Schuluniform.

Mir war ganz elend zumute, mein Gesicht brannte von der Ohrfeige und Tränen liefen mir über die Wangen.

Und das Schlimmste war, dass ich gar nichts tun konnte. Ein alter Mann legte mir den Arm um die Schultern und sagte: »Beruhige dich, mein Junge. Möge Allah die Herzlosen bestrafen. Bedenke, auf jedes Dunkel folgt ein Licht.«

Er drückte mir fünf Lira in die Hand und ging davon.

12

Mutlos trottete ich die Straßen entlang. Für die Pracht der Häuser und Gärten der Oberen hatte ich heute keinen Blick übrig.
Ich dachte an meine Sachen, die beschlagnahmt worden waren. Der gute Jutesack – womit sollte ich morgen die Petersilie tragen? Und das Tablett! Es war kaum verbeult und noch fast wie neu gewesen. Und meine Schulbücher und Hefte! Am besten hätten mich die Ordnungshüter gleich mit beschlagnahmt.
Doch halt, die Tüte mit den Schulbüchern hatte ich beim Verkaufen gar nicht mehr dabei gehabt. Die musste ich wohl beim Umziehen in Mahmuds Haus vergessen haben. Was für ein Glück! Das war das erste Mal, dass ich mich über meine Vergesslichkeit freute.

An einer Straßenkreuzung musste ich warten. Und da sah ich auf der anderen Seite Wassermelone neben zwei Mädchen stehen und wild mit den Armen herumfuchteln. Offensichtlich gab er ihnen eine Auskunft.

Schnell bog ich in eine Seitenstraße ein, damit er mich nicht sehen sollte. Zu spät!

»Mister Petersilie! He, Mister Petersilie!«

Wassermelones Geschrei war genauso überwältigend wie sein Äußeres.

Trotzdem tat ich so, als hätte ich nichts gehört, und beschleunigte meine Schritte.

Aber plötzlich lief er neben mir her.

»Warum stellst du dich taub?«, rief er, vom Laufen ganz außer Atem.

Ich sah ihn kurz an und ging im selben Tempo weiter.

»Oh, was hast du mit deinem Gesicht gemacht?«, fragte er erschrocken.

»Nichts«, brummte ich. »Lass mich in Ruhe.«

»Wer war das?«, wollte Wassermelone wissen. »Sag es mir und ich mach ihn fertig.«

»Das kannst du nicht«, erwiderte ich.

»Doch, schau her.« Wassermelone krempelte sich den rechten Hemdsärmel hoch und wedelte mir mit seinem Arm vor dem Gesicht herum.

Und tatsächlich, unter seinem Speck waren wirklich Muskeln zu sehen.

Ich erzählte ihm die Sache mit den Ordnungshütern.

»Na, aber das Geld, das du für den Einkauf brauchst, hast du doch noch«, meinte Wassermelone leichthin.

»Tu einfach so, als ob du dir heute freigenommen hättest.«

»Es geht nicht nur um die Petersilie«, erklärte ich ihm. »In dem Sack war auch meine Schuluniform.«

»War sie ganz neu?«

»Nein, zwei Jahre alt.«

»Ach so«, sagte Wassermelone und kickte einen Stein vom Bürgersteig. »Dann ist es doch nicht so schlimm.«

»Mann, du verstehst aber auch gar nichts«, brauste ich auf. »Wie soll ich denn jetzt in die Schule gehen?«

»Mit einer anderen Uniform natürlich«, antwortete Wassermelone. Dabei sah er mich an, als wäre ich nicht ganz richtig im Kopf.

»Natürlich, natürlich!«, rief ich verbittert und blieb stehen. »Du kapierst aber auch gar nichts! Ich habe nur die eine Uniform.«

»Nur *eine* Uniform?« Wassermelone sah wirklich komisch aus, wie er so mit offenem Mund dastand. Aber auch das brachte mich nicht in bessere Stimmung.

»Genau, nur eine Uniform. Kapierst du jetzt?« Wassermelone nickte und wir gingen schweigend weiter.

»Dann kaufst du dir eben eine neue«, schlug Wassermelone nach einer Weile vor.

»Kein Geld«, sagte ich knapp.

Ich merkte, wie er mich von der Seite ansah, aber er sagte nichts darauf.

»Ich hab's!«, rief er dann aus. »In drei Tagen kommt mein Vater von seinem Urlaub in Paris zurück. Er braucht einfach nur hinzugehen, mit den Fingern zu schnippen und dann hast du deine Sachen wieder. Oder vielleicht braucht er nur am Telefon zu sagen: ›Hallo, gebt Mister Petersilies Sachen her!‹«

Angeber, dachte ich, aber ich sagte: »Davon, dass du das sagst, habe ich die nächsten drei Tage trotzdem keine Uniform.«

»Ich leihe dir eine von mir«, schlug Wassermelone vor. Jetzt musste ich aber doch ein bisschen grinsen. Da könnte ich ja gleich in einer blauen Zeltplane in die Schule gehen.

»Du kannst die Uniform an allen Seiten ein bisschen enger nähen, bis sie dir passt«, verteidigte Wassermelone seinen Vorschlag, denn er hatte mein Grinsen genau verstanden.

»Und wie willst du sie dann später wieder anziehen?«, wandte ich ein. »Die Nahtlöcher wird man nach dem Auftrennen immer noch sehen.«

»Ach, ich schenke sie dir einfach«, sagte Wassermelone.

Warum nicht?, überlegte ich. Zwar hatte die Uniform die falsche Farbe, aber schlimmer konnte meine Lage sowieso nicht mehr werden.

Was die Uniform anbetraf, war unsere Schule im Flüchtlingslager nämlich genauso streng wie die übrigen Schulen im Land. Ohne Uniform brauchte man gar nicht erst zu erscheinen. Da gab es keine Gnade. Also ging ich mit Wassermelone zu ihm nach Hause.

»Hier, die kannst du haben.« Wassermelone zog eine Uniform aus seinem riesigen Kleiderschrank.
Jetzt verstand ich seine Großzügigkeit. Er hatte fünf Schuluniformen. Fünf! Und alle sahen noch recht neu aus. Trotzdem, es war sehr nett von Wassermelone, dass er mir half.
»Danke!«, sagte ich. »Dann geh ich jetzt wohl besser und sehe zu, dass ich jemanden finde, der sie mir enger macht.«

Nach Hause wollte ich natürlich nicht. Schuldbewusst dachte ich daran, dass ich nicht auf Mutter gehört hatte und doch wieder hier oben Petersilie verkauft hatte. Meinen heutigen Ärger musste ich ihr unbedingt ersparen. Nur, wer sollte mir die riesige Uniform enger machen?
Im Lager zeigte ich sie einem Schneider und fragte, ob er sie abnähen könnte.
»Natürlich«, antwortete der. »Das macht fünfzehn Lira.«
Oh, dachte ich erschrocken und suchte schnell nach einer Ausrede.
»Da muss ich erst einmal meine Mutter fragen«, sagte ich.

So einfach ging das also nicht. Ich lief nun doch nach Hause.

»Na, schon so früh zurück?«, rief Mutter mir vom Bett aus zu.

Wie jeden Tag hatte sie Besuch von einigen Nachbarsfrauen. Die brachten immer etwas zum Arbeiten mit. Heute roch es im ganzen Haus nach dem Salbei, den sie fein rebelten.

»Ich hab nur was vergessen«, sagte ich und ging schnell in die Kochnische. Dort verwahrte Mutter in einer Schublade Nadel und Faden. Ich steckte mir beides in die Hosentasche und verschwand eilig nach draußen. Mir fiel nichts Besseres ein, als mich neben der Moschee unter einen Baum zu setzen. Dort mühte ich mich den restlichen Nachmittag damit ab, den steifen Stoff an den richtigen Stellen zusammenzunähen.

Als die Sonne unterging, gab es keinen Bereich mehr an meinen Fingern, der nicht zerstochen war. Und die Uniform sah aus wie ein ungleichmäßig zusammengenähter blauer Müllsack.

13

Wassermelones Schuluniform war trotz Abnähen immer noch so weit, dass ich sie am nächsten Morgen einfach über meine Kleider anzog.

Dann ging ich zuerst bei Mahmud vorbei um meine Tüte mit den Schulbüchern zu holen.

»Wie siehst du denn aus?«, prustete Mahmud gleich los.

»Wie denn?«, fragte ich.

»Na, wie ein Astronaut. Willst du zum Mond fliegen?«

Und er lachte, bis ihm die Tränen kamen.

»Ha, ha!«, machte ich, schnappte mir meine Tüte und wollte gehen.

»He, sag doch, was los ist«, forderte Mahmud mich auf und hielt mich an der Uniform fest.

Ich wusste, dass er hartnäckig bleiben würde, wenn ich ihm nicht sofort die ganze Sache erzählte.

»Und in dem Aufzug willst du jetzt in die Schule gehen?«, fragte er, als ich fertig war.

»Was soll ich denn sonst machen?«, entgegnete ich. »Zuerst werden mich zwar alle auslachen, aber dann werden sie sich schon daran gewöhnen.«

»Und der Schulleiter?«, sagte Mahmud. »Der lässt dich damit bestimmt nicht ungeschoren herein. Nicht nur, weil die Uniform so schlecht passt. Das Schlimmste daran ist, dass die Farbe nicht stimmt. Und du weißt, dass der Schulleiter immer alles sehr genau nimmt. Der achtet doch sogar darauf, ob alle Knöpfe dran sind.«

Das stimmte. Der Schulleiter spazierte jeden Morgen mit seinem Stock auf dem Schulhof hin und her und hielt das Eingangstor im Auge. Er passte auf wie ein Luchs. Bestimmt würde ihm nicht entgehen, dass meine Uniform blau statt grau war.

»Erinnerst du dich noch daran, wie ich damals nach der Schlägerei den Riss im Ärmel hatte?«, fuhr Mahmud fort.

»Ja, ja«, sagte ich, bevor er die ganze Geschichte wiederkäuen konnte. »Aber ich muss es trotzdem versuchen. Ich habe keine andere Wahl.«

»Und wie willst du unbemerkt durch das Tor kommen?«, fragte Mahmud.

Ich dachte angestrengt nach.

»Du kannst höchstens versuchen irgendwo seitlich über die Schulhofmauer zu klettern«, sagte Mahmud.

»Ja, und du gehst in den Hof und pfeifst dreimal, wenn der Schulleiter gerade woandershin schaut«, überlegte ich weiter. »Das müsste gehen.«

Wir zogen also los.

An der Schulhofmauer blieb ich stehen und Mahmud verschwand im Hof.

Als ich ihn dreimal kurz pfeifen hörte, kletterte ich schnell über die Mauer. Dabei musste ich sehr aufpassen, dass ich mit dem vielen Stoff um meinen Körper nicht irgendwo hängen blieb.

Geschafft! Der Schulleiter hatte mich nicht bemerkt. Er war am anderen Ende des Hofes mit zwei Schülern der unteren Klassen beschäftigt. Sein Stock sauste durch die Luft und mir wurde schon beim bloßen Anblick mulmig.

»Komm, schnell«, flüsterte Mahmud und zog mich fort. In der Nähe des Eingangs zum Schulgebäude standen ein paar Jungen aus unserer Klasse.

Sie lachten zwar über meinen Aufzug, gaben mir aber bereitwillig Deckung.

Ich wollte gerade aufatmen, als unser Erdkundelehrer auf uns zukam.

Er zog mich aus meinem Versteck zwischen den Jungen hervor und sagte: »Wie du aussiehst, ist mir völlig egal. Aber ich habe gesehen, dass du über die Mauer geklettert bist, und das kann ich nicht dulden. Geh und hol dir deine Strafe ab!« Er deutete auf den Schulleiter.

Am liebsten wäre ich ganz in der Schuluniform versunken.

Aber es half nichts. Ich sah die Mischung aus Heiterkeit und Mitleid auf den Gesichtern meiner Schulkameraden, als ich meinem Schicksal entgegenging.

Einer der kleinen Jungen, die beim Schulleiter standen, rief gerade: »Bitte nicht schlagen, sonst blutet meine Nase wieder wie letztes Mal.«

Dieses »letzte Mal« muss den Schulleiter wohl sehr erschreckt haben, denn er befahl nur: »Ab mit dir! Hol deinen Vater her.«

Dann wandte er sich mir zu. Er schaute mich kurz von oben bis unten an, und noch bevor ich ihm mein Vergehen beichten konnte, blaffte er mich an: »Du auch. Hol deinen Vater her!«

»Mein Vater ist tot«, erwiderte ich.

»Dann eben deine Mutter.«

»Sie hat sich das Bein gebrochen und darf nicht aufstehen«, entgegnete ich.

Das klang wie eine Ausrede. Bestimmt glaubt er mir nicht, dachte ich.

Aber er sah mir nur grimmig ins Gesicht und befahl: »Ab mit dir! Komm mir nicht wieder unter die Augen, ehe du eine ordentliche Uniform hast.«

Mit weichen Knien schlüpfte ich durch das Schultor. So schnell würde ich die Schule wohl nicht wieder von innen sehen.

14

Ziellos ging ich durch die Straßen. Wo sollte ich jetzt hin? Ich wollte meine Mutter aus alldem raushalten. Sie hatte schon genug Sorge mit ihrem Bein. Aber mittlerweile hatte ich selbst so viele Schwierigkeiten, dass ich nicht mehr ein noch aus wusste. Schließlich entschied ich mich doch, Mutter alles zu beichten.

Damit ich meinen Entschluss nicht wieder ändern konnte, rannte ich ohne nach rechts und links zu schauen auf dem schnellsten Weg nach Hause. Zum Glück waren so früh noch keine Nachbarinnen bei Mutter zu Besuch.

Dann stand ich an ihrem Bett und es sprudelte nur so aus mir heraus: Ich erzählte ihr, dass es hier im Flüchtlingslager kein Fleisch mehr gab und dass ich deshalb doch zum Verkaufen in das Viertel der Oberen gegangen war. Ich erzählte ihr von den staatlichen Aufsehern, von der Beschlagnahmung meiner Sachen, von Wassermelone und seiner riesigen Uniform, von meiner ungeschickten Näherei, dass ich über die Schulmauer geklettert war, und jetzt als Krönung des ganzen Elends noch die Sache mit dem Schulleiter.

Mutter hörte sich das alles still an. Und obwohl sie bestimmt mehr Trost brauchte als ich – das sah ich an ihrem blassen Gesicht, das bei jedem meiner Sätze noch bleicher wurde –, zog sie mich zu sich und umarmte mich. Ich kroch unter ihre Decke und heulte, bis keine Tränen mehr kamen. Danach wollte ich sie immer noch nicht loslassen, denn ich schämte mich zu sehr um Mutter in die Augen zu sehen.

Sie aber sagte nur ruhig den Spruch, den sie oft zitierte: »Dem Vorgeschriebenen kann man nicht entrinnen.«

Ich schniefte und blieb liegen.

»Steh auf, mein Junge, Allah wird uns nicht im Stich lassen«, sprach Mutter um mir Mut zu machen. »Geh zu Hadschi Maraka. Wenn uns jemand helfen kann, dann er.«

»Ja, Mama«, sagte ich.

»Richte ihm aus, dass ich nicht aufstehen darf und daher nicht selbst zu ihm gehen kann. Und sag ihm, er möge doch bitte zu mir kommen, wenn es sein Tagesablauf erlaubt.«

»Ja, Mama«, sagte ich wieder.

»Und vergiss nicht ihm die Hand zu küssen.«

»Ja, Mama.«

»Ja, Mama, ja, Mama«, zog mich Mutter lächelnd auf.

»Na, dann los!« Sie gab mir einen aufmunternden Klaps, wie sie es immer getan hatte, als ich noch klein war. »Aber zieh erst diese Verkleidung aus.«

Wie soll uns Hadschi Maraka helfen können?, überlegte ich auf dem Weg zu ihm. Soviel ich wusste, lebte er in noch größerem Elend als wir. Außerdem war er schon ziemlich alt und tatterig.

Er saß vor der Werkstatt des Schneiders. Vor sich hatte er ein dunkles Tuch ausgebreitet, auf dem er seine Waren anbot: Nadeln, Garn und Knöpfe aller Art.

Ein paar Schritte entfernt blieb ich stehen und überlegte, wie ich ihn ansprechen sollte. Als ein dicker Mann vorbeiging, sang Hadschi Maraka:

»Wehe, wenn die Hose platzt
und man keine Sicherheitsnadeln
von Maraka hat!«

»Ja ja, Hadschi, bei mir helfen auch deine Sicherheitsnadeln nicht mehr«, scherzte der Mann.
Hadschi Maraka dichtete weiter:

»Marakas Knöpfe,
o welche Wonne!
Sie blinken so schön
wie Broschen in der Sonne!«

Das galt zwei Frauen, die aber gar nicht auf das kunstvolle Lied achteten. Vielleicht hörten sie seine Reime jeden Tag und hatten sich daran gewöhnt. Oder sie hatten zu Hause schon genug Knöpfe.
Ich wagte immer noch nicht Hadschi Maraka zu stören.

79

Ein Junge mit zwei prall gefüllten Ledertaschen und Löchern in den Schuhen veranlasste ihn zu folgendem Vers:

»Platzt die Tasche, Loch im Schuh,
nimm Marakas reißfestes Garn dazu!«

Ein kleines Mädchen brachte zwei Stopfnadeln zurück. »Meine Mutter lässt ausrichten, dass sie ihr zu teuer sind«, sagte es.
»Zu teuer?«, murmelte Hadschi Maraka kopfschüttelnd. »Zu teuer!« Und er gab ihr eine Münze. Dann steckte er die beiden Nadeln in eines von seinen kleinen Nadelpäckchen und ordnete diese wieder fein säuberlich der Größe nach in eine Reihe.
Ob ich ihn nach diesem Misserfolg überhaupt ansprechen soll?, überlegte ich und zögerte.
»Na, Junge?«, sagte er zu mir, bevor ich weiter darüber nachdenken konnte. »Ein Röllchen Garn gefällig?«
»Nein danke, Hadschi Maraka«, erwiderte ich. »Möge Allah dir ein langes Leben schenken. Meine Mutter schickt mich. Sie bittet dich zu ihr zu kommen.« Das kam gar nicht so höflich raus, wie ich es hatte sagen wollen.
»Deine Mutter?« Hadschi Maraka blinzelte gegen die Sonne in meine Richtung. »Wer ist denn deine Mutter?«
»Schafika Al-Halabi, die Witwe von Mansour Al-Halabi«, antwortete ich.
»Al-Halabi!«, wiederholte Hadschi Maraka und

seufzte. »Möge Allah seiner Seele gnädig sein. – Und wo ist deine Mutter? Ich habe sie lange nicht mehr gesehen.«

»Sie hat sich das Bein gebrochen und liegt schon seit drei Wochen im Bett.« Plötzlich fiel mir Mutters Mahnung ein. Schnell nahm ich Hadschi Marakas Hand und küsste sie dreimal.

»Mutter sagt, nur du könntest uns jetzt helfen«, fügte ich hinzu.

»Nur Allah, gepriesen sei Er, kann den Menschen helfen«, widersprach Hadschi Maraka. »Aber wenn Er will, kann Er mich zu seinem Werkzeug machen. – Na, dann hilf mir zusammenpacken.«

Die gerade eben noch so ordentlich aufgereihten Nadelpäckchen kamen in eine Schachtel, die Garnröllchen in eine andere. Für die vielen Knöpfe hatte Hadschi Maraka eine große bunte Blechdose.

Dann schüttelte er das Tuch aus, faltete es zusammen und tat es mit den anderen Sachen in einen zerschlissenen Stoffbeutel.

Hadschi Maraka wollte aufstehen, schaffte es aber nicht.

»Reich mir deine Hand, Junge, und hilf mir auf«, bat er mich.

Der Alte war viel schwerer, als ich gedacht hatte. Ich hatte ihn erst halb hochgezogen, als ich ihn nicht mehr halten konnte. Er fiel zurück und zog mich mit sich.

»Aiii!«, jammerte Hadschi Maraka, als wir hart auf dem Boden landeten. »Aaaiii!«

Das hörte sich genauso an wie Mutters Wehgeschrei.

Ich erschrak. Jetzt hatte er sich bestimmt durch meine Schuld das Bein gebrochen.

Der Schneider kam aus seiner Werkstatt gelaufen und rief: »Was ist denn hier los?«

»Aaiii, meine Knochen!« Hadschi Maraka rieb sich den Rücken. »Wir sind hingefallen, dieser alte Junge hier und ich.«

Ich war erleichtert. Wenn er noch Späße machen konnte, war es wohl nicht ganz so schlimm.

Der Schneider war ein kräftiger Mann. Er zog Hadschi Maraka vorsichtig hoch und tastete ihn ab.

»Alles noch am richtigen Platz«, beschwichtigte Hadschi Maraka ihn, und mich forderte er auf: »Na, dann wollen wir mal.«

Er nahm meine Hand und setzte vorsichtig einen Fuß vor den anderen. Nach ein paar Schritten wurde er sicherer und wir gingen zu uns nach Hause.

15

Nachdem meine Mutter Hadschi Maraka die ganze Geschichte erzählt hatte, saß er da und schwieg und schwieg.

Mutter machte mir ein Zeichen, ich solle aus dem Zimmer gehen.

Diese Erwachsenen! Immer meinen sie, unsere Ohren wären für ihre Gespräche zu jung. Aus Erfahrung wusste ich, dass das, was wir nicht hören sollten, gerade das Spannendste war. Daher blieb ich draußen stehen und presste mein Ohr an die Zimmertür.

Trotzdem hörte ich kein Wort. Der alte Hadschi Maraka war doch hoffentlich nicht auf unserem Stuhl sitzend gestorben!

Allah sei Dank tönte dann ein kräftiges Räuspern durch den Raum und ich hörte ihn seufzen: »Die Armut, die Armut! Wenn ich ein Dichter wäre, würde ich die Armut mit einem Schmählied besingen. Aber da wäre ich nicht der Einzige. Schon vor vierzehnhundert Jahren haben sich die weisen Männer über die Armut beklagt. Ali ibn Abu Talib zum Beispiel, möge Allah seiner Seele gnädig sein. – Weißt du, wer Ali ibn Abu Talib war?«

»Erzähle es mir, Hadschi«, hörte ich Mutter sagen.

»Er war ein Vetter und der Schwiegersohn unseres Propheten Muhammad, möge Allah ihm Segen und Heil schenken. Also, Ali ibn Abu Talib hat gesagt: ›Verflucht sei die Armut! Wäre sie ein Mann, würde ich sie töten. Denn die Armut verleitet zum Unglauben.‹«

»Das hat er gesagt?«, hörte ich Mutter erstaunt fragen.

»Jawohl!«, bekräftigte Hadschi Maraka. »Und ich würde die Armut auf der Stelle mit meinen eigenen Händen erwürgen. Da das aber leider nicht geht, kann ich nur sagen: Das Auge sieht, aber die Hand ist kurz!«

Diesen Ausspruch kannte ich von dem Gemüsehändler ein paar Straßen weiter. Das sagte er immer, wenn sich die Leute über die Preise beschwerten.

»Nun, ich werde sehen, was sich machen lässt«, hörte ich Hadschi Maraka sagen und dann folgte ein Geräusch wie Stuhlrücken.

Ich war schon dabei mich schnellstens zu verziehen, als er laut rief: »Halt, halt! Mir fällt da etwas ein! Die Hand ist vielleicht doch lang.«

Rasch presste ich mein Ohr wieder fest an die Tür.

»Das hätte ich beinahe vergessen«, sagte er.

»Was hättest du vergessen?«, fragte Mutter.

»Ich weiß einen Rat für den Jungen«, sagte Hadschi Maraka. »Er sollte eine Lehre machen.«

Eine Lehre?, dachte ich verwundert. Will er mich etwa lehren, wie man Garn, Nadeln und Knöpfe verkauft?

»Eine Lehre?« Mutters Stimme ertönte wie ein Echo meiner Gedanken.

»Ja, der Junge muss einen Beruf erlernen.«

»Einen Beruf. Hmm.« Mutter klang gar nicht abgeneigt, was mich ziemlich wütend machte.

»Aber wie denn?«, fuhr sie fort. »Der Schulleiter hat ihn weggeschickt, weil er keine richtige Schuluniform hat. Wir können keine kaufen und in meinem Zustand ist es fraglich, ob ich überhaupt das Schulgeld für nächstes Jahr zusammenkriege. Wie soll er dann weiter in die Schule gehen und in seiner Ausbildung für einen späteren Beruf vorankommen?«

»Das ist es, was ich beinahe vergessen hätte.« Hadschi Marakas Stimme klang richtig bekümmert, als er weitersprach: »Ja, ja, mein alter Kopf. Er gleicht immer mehr einem Sieb.«

»Allah bewahre, Hadschi«, protestierte Mutter. »Wenn alle Menschen solch einen gesegneten Kopf hätten wie du, sähe es in der Welt viel besser aus.«

Hadschi Maraka fühlte sich wohl geschmeichelt, denn er räusperte sich umständlich, bevor er fortfuhr: »Es gibt ja nicht nur eine Schulausbildung. Du kennst doch den Schleifer Faris. Ihm ist vor ein paar Wochen der Geselle fortgelaufen.«

Ha, der wird einen guten Grund gehabt haben, dachte

ich erbost. Ich ahnte, was jetzt kommen würde. Und richtig! –

»Neulich erst hat er mich gebeten mich ein wenig nach einem Jungen umzuhören, der als Nachfolger in Frage käme«, fuhr Hadschi Maraka fort.

Jetzt hielt ich es nicht mehr aus und stürmte ins Zimmer.

»Ich will kein Schleifer werden!«, rief ich.

»Du hast gelauscht«, sagte Mutter vorwurfsvoll. »Schäme dich!«

»Warum willst du denn kein Schleifer werden?«, fragte Hadschi Maraka, dem das mit dem Lauschen scheinbar nicht so wichtig war. »Das ist ein richtiger Beruf. Und einen Beruf zu haben ist besser als tausend Goldstücke in der Tasche. Die können einem abhanden kommen, ein Beruf jedoch nicht.«

Tausend Goldstücke zu haben fände ich wesentlich erfreulicher als Schleifer zu sein, dachte ich empört, denn dann könnte ich weiter zur Schule gehen. »Ich will ja auch einen Beruf erlernen, aber nicht Schleifer!«, erwiderte ich.

»Welchen Beruf würdest du denn gerne erlernen?«, fragte Hadschi Maraka.

»Ich will Sportlehrer werden«, antwortete ich sofort.

»Habib, mein Sohn«, mischte sich Mutter ein. »Sei doch vernünftig. Wenn wir nicht einmal Geld haben dir eine neue Schuluniform zu kaufen und das Geld für das nächste Schuljahr unsicher ist, woher sollen wir dann welches für den Schulabschluss oder gar die Universität nehmen?«

Darauf wusste ich keine Antwort. Aber ich hatte Angst, dass ich, wenn ich jetzt nachgab, nie wieder in die Schule gehen könnte. Also wiederholte ich nur: »Ich will kein Schleifer werden.«

»Nun, dann ist nichts zu machen«, sagte Hadschi Maraka und stand auf. »Aber überlege es dir noch mal. Und warte nicht zu lange. Es gibt viele Jungen, die gerne einen Beruf erlernen wollen.« Dann verabschiedete er sich: »Der Friede sei mit euch!«

»Und auch mit dir«, antwortete Mutter und fügte hinzu: »Vielen Dank, dass du dir die Mühe gemacht hast herzukommen.«

Ich schwieg, obwohl ich genau wusste, wie gemein das war. Denn der Hadschi hatte ja wirklich nur helfen wollen.

»Du hast dich sehr unhöflich benommen, Habib«, sagte Mutter, als Hadschi Maraka draußen war.

Ich konnte den enttäuschten Ausdruck auf ihrem Gesicht nicht ertragen und ging stumm in die Kochnische. Mir saß ein dicker Kloß im Hals. Dann begann ich aus ein paar mageren Vorräten etwas zu essen zu zaubern.

16

Der Ball sauste durch die Luft direkt auf mein Tor zu. Obwohl mich die Sonne blendete, schaute ich wie gebannt hin. Ich wusste, ich brauchte nur einen kleinen Schritt nach links zu machen, dann würde ich den Ball halten können. Aber meine Beine wollten mir nicht gehorchen. Irgendeine unbekannte Macht hielt sie eisern fest. Wie angewurzelt stand ich auf einem Fleck, das Geschrei meiner Mannschaft im Ohr, und der Ball kam immer näher. Mit einem Ruck konnte ich endlich meine Beine aus der Erstarrung lösen – und da wachte ich auf!

Alles war nur ein Traum gewesen. Mit laut klopfendem Herzen saß ich aufrecht im Bett. Die Bettdecke hatte sich ganz fest um meine Beine geschlungen. Es dauerte eine Weile, bis ich mich befreit hatte und aufstehen konnte.

Der Fleischer hatte mir gesagt, dass in unserem Viertel – wenn überhaupt – frühestens morgen wieder mit Fleisch zu rechnen sei. Also stand mir der dritte Tag ohne Schule und ohne Petersilienverkauf bevor. Mutter kam mir immer bedrückter vor und irgendwie gab ich mir selbst die Schuld daran.

Ich überlegte, ob ich am Nachmittag einmal zum Fußballtraining gehen sollte. Aber für vielleicht nur einen Tag lohnte sich das nicht. Außerdem wäre ich mir Wassermelone gegenüber ziemlich schäbig vorgekommen.

Von draußen hörte ich eine Jungenstimme:

»Maiskolben! Maiskolben!
Zwei Stück für eine Lira!
Maiskolben! Maiskolben!
Das Leibgericht der Emire!«

Mir lief das Wasser im Mund zusammen. Schnell zog ich mich an und eilte nach draußen.

Zum Glück kannte ich den Maisverkäufer gut. Er war der Sohn des Gemüsehändlers aus der Nachbarschaft und hatte mir schon einmal ein paar Maiskolben gegeben, ohne dass ich sie gleich bezahlen musste. Bestimmt würde er das auch heute wieder tun. Wir hatten nämlich kein Geld mehr, außer den 50 Lira für die Petersilie. Aber die durften wir nicht anrühren. Denn

wenn es wieder Fleisch gab, würde es mit dem Peter-
silieverkauf weitergehen.

»Wie viel kosten die Maiskolben?«, fragte ich, obwohl
ich es gehört hatte.

»Zwei Stück eine Lira.«

»Was? So teuer?«

»Wie viele willst du?«

»Fünf Stück für eine Lira«, sagte ich.

»Spinnst du? Höchstens drei.«

»Nein, das ist zu teuer.«

»Gut, dann vier«, gab er nach.

Ich suchte mir die längsten und dicksten Kolben aus.

»Nächste Woche gebe ich dir das Geld«, versprach ich ihm.

»Nichts da! Entweder du bezahlst jetzt oder du kriegst keinen Mais.«

»Was ist los mit dir? Ich werde dir das Geld geben, das weißt du. Nächste Woche hast du es, ich schwöre es dir bei meiner Ehre!«

»Das geht nicht«, erwiderte der Junge. »Ich habe dir schon einmal etwas gegeben und deshalb Ärger mit meinem Vater bekommen. Ich darf niemandem mehr etwas ohne direkte Bezahlung verkaufen, auch dir nicht.«

Ich ließ die Kolben in den Karren zurückfallen und ging davon.

Nach ein paar Schritten fiel mir plötzlich ein, dass heute der Tag war, an dem Wassermelones Vater aus dem Urlaub zurückkommen sollte. Bestimmt würde er mir meine Uniform zurückholen. Und vielleicht konnte er mir sogar durch seine Beziehungen die Erlaubnis verschaffen im Viertel der Oberen zu verkaufen. Und dann würden wir bald wieder Geld haben. Schnell lief ich zu dem Jungen zurück und gab ihm eine Lira aus unserem Geldgrundstock. Mit vier ausgesuchten Maiskolben ging ich nach Hause.

Vor unserem Haus entfachte ich ein Feuer und legte die Maiskolben auf einem Gitter darüber. Nach kurzer Zeit begannen sie bereits köstlich zu duften.

Mais war nicht gerade mein Lieblingsessen, aber nachdem ich drei Tage lang nichts weiter als in Tee gestipptes trockenes Brot gegessen hatte, erschienen mir die Maiskolben so köstlich wie Lammbraten.

Als sie gar waren, aß ich einen davon und brachte auch Mutter einen. Die restlichen beiden verwahrte ich für das Mittagessen. Dann machte ich mich zuversichtlich auf den Weg zu Wassermelone.

17

»Psst!« Die Haushälterin von Wassermelones Familie hatte mich durch das Gitter des Tors bereits gesehen und kam schnell auf mich zu.

»Was willst du?«, flüsterte sie. »Wassermelones Eltern sind zurück. Da bleibst du besser draußen.«

Warum flüstert sie so geheimnisvoll?, fragte ich mich und sagte in normaler Lautstärke: »Das ist doch prima. Dann kann ich gleich selbst mit seinem Vater sprechen.«

»Nein, nein!«, wehrte die Haushälterin mit gedämpfter Stimme ab. »Geh lieber.«

Zu meinem Glück tauchte Wassermelone auf einem der Gartenwege auf.

»He, Wassermelone!«, rief ich und winkte ihm zu.

»Psst!«, machte auch er, als er bei mir ankam. »Meine

Eltern sind zurück.« Und er gab mir ein Zeichen ihm zu folgen.

Was ist nur los?, wunderte ich mich. Was soll diese Geheimniskrämerei?

Wassermelone führte mich auf Schleichwegen zwischen den Büschen des Gartens hindurch.

Das Grundstück schien noch größer zu sein, als ich vermutet hatte. An jeder Ecke duftete es nach einem anderen blühenden Busch. Als wir an einem Holzhäuschen ankamen, öffnete Wassermelone hastig die Tür und schob mich hinein.

Drinnen war es richtig gemütlich. Durch ein kleines Fenster fiel genug Licht. Wenn nicht so viele Säcke mit Düngemitteln und eine große Auswahl an Hacken und Schaufeln herumgestanden hätten, wäre das eine richtig schöne Hütte zum Wohnen gewesen.

»Du darfst jetzt nicht mehr herkommen«, erklärte mir Wassermelone, wobei er immer wieder ängstlich aus dem Fenster spähte. »Sie mögen das nicht.«

»Wer ist ›sie‹?«, fragte ich.

»Meine Eltern.«

Das verstand ich nicht. »Aber du hast doch gesagt, dein Vater würde mir zumindest helfen meine Schuluniform zurückzubekommen. Und wegen seiner Beziehungen bräuchte er nur mit den Fingern zu schnippen und alles käme in Ordnung. Das hast du gesagt!«

Wassermelone schien sich unbehaglich zu fühlen.

»Ja, schon«, erwiderte er, »aber ich kann ihn jetzt nicht fragen.«

»Wann denn?«

»Nächste Woche gebe ich dir Bescheid.«

»Nächste Woche?« Mir schossen die Tränen in die Augen. Schnell bückte ich mich und tat so, als ob ich den Riemen an meiner Sandale fester anziehen müsste. Als meine Stimme wieder einigermaßen fest war, sagte ich: »Wenn ich so lange warten muss, bin ich geliefert. Kannst du es nicht früher versuchen? Du hast es mir versprochen.«

»Na gut. Dann rede ich eben heute Abend mit meinem Vater«, gab Wassermelone nach.

»Heute Abend hat das Ministerium, in dem er arbeitet, bestimmt zu. Dann kann er dort gar nicht mehr anrufen und die Leute erreichen, die meine Uniform mitgenommen haben. Wenn du mir wirklich helfen willst, musst du ihn jetzt gleich fragen.«

»Jetzt gleich? Ich weiß nicht…«, meinte Wassermelone und dann murmelte er mehr zu sich selbst als zu mir: »Aber eigentlich ist es sowieso egal. Jetzt ist so gut wie jeder andere Zeitpunkt.«

Irgendwie benahm er sich heute sonderbar.

»Du bleibst aber hier. Und pass auf, dass dich keiner sieht!«, schärfte er mir ein. »Es kann lange dauern, bis ich wiederkomme.«

»Okay«, sagte ich und setzte mich auf einen Sack mit Düngemittel. Durchs Fenster sah ich Wassermelone in Richtung Haus verschwinden.

Irgendwann hielt ich das Warten nicht mehr aus. In dem Gartenhäuschen gab es wohl nichts, was ich nicht schon ausgiebig studiert hatte. Mittlerweile kannte ich die

Aufschriften auf den Düngersäcken in- und auswendig, so oft hatte ich sie aus lauter Langeweile gelesen.

Wassermelone kam einfach nicht zurück. Wenn ich nichts unternahm, würde ich hier noch Wurzeln schlagen.

Ich stand auf, schaute vorsichtig durch den Türspalt, und als niemand zu sehen war, schlüpfte ich hinaus.

Auf leisen Sohlen schlich ich durch das Gebüsch auf das Haus zu.

Endlich kam ich direkt an einer Hauswand an. Die Büsche wuchsen hier so hoch, dass sie mich gut verbargen. Aber unglücklicherweise lagen rings um das Haus Kieselsteine. Wenn ich darauf lief, würde es einen Riesenkrach geben.

Während ich noch überlegte, ob ich weitergehen sollte, hörte ich Stimmen aus einem der offenen Fenster über mir:

»Aber ... aber Herr Papa! Ich habe es ihm versprochen. Er ... er ist mein einziger Freund.«

»Freund? Das ist ja fein. Mein Sohn sucht sich neuerdings seine Freunde unter den Herumtreibern aus.«

»Aber Herr Papa, bitte – ich habe dir doch eben erklärt, was ihm alles passiert ist.«

»Das hat er sich selbst zuzuschreiben. Und überhaupt, wo kämen wir hin, wenn diese fliegenden Händler auch noch in unserem Viertel herumlungern würden! Damit das ganz klar ist: Diese Art Umgang dulde ich nicht. Ab jetzt wirst du jedes Mal ausdrücklich um meine Erlaubnis fragen, wenn du vorhast irgendwohin zu gehen. Verstanden?«

»Jawohl, Herr Papa!«
»Und nun will ich nichts mehr davon hören.«
»Jawohl, Herr Papa!«

Ich rannte durch die Büsche fort ohne auf die Richtung zu achten. Zweige und Ranken schlugen mir ins Gesicht und immer wieder blieb ich irgendwo hängen, bis ich endlich das Tor erreichte. Zorn und Enttäuschung schnürten mir die Brust ganz fest zusammen. Ohne nach rechts und links zu schauen lief ich auf der Straße immer weiter. Erst bei den Hütten des Lagers wurde ich langsamer und konnte wieder freier atmen.

18

Über eine Stunde lang saß ich am Straßenrand und grübelte darüber nach, was ich jetzt machen sollte. Mir fiel nichts ein, aber auch gar nichts. Ich hatte keine Arbeit, kein Geld und war von der Schule ausgeschlossen. An meine Kameraden, die fröhlich Fußball spielen konnten, durfte ich gar nicht erst denken.

Faris, der Schleifer, geisterte immer wieder durch meine Gedanken. Er war meine letzte Hoffnung, was das Geldverdienen anbetraf. Also gab ich mir einen Ruck und machte mich auf die Suche nach ihm.

Ich klapperte das ganze Lager ab. Als ich die Suche schon aufgeben wollte, sah ich endlich am Ende einer Gasse Faris' Karren stehen. Faris lag daneben im Schatten einer Mauer und schlief.

Ich räusperte mich und sagte laut und vernehmlich: »Guten Tag!«

Keine Antwort.

»Guten Tag!«, wiederholte ich.

Nichts! Faris schlief mit halb offenem Mund und pustete in regelmäßigen Abständen seine Schnurrbarthaare in die Höhe.

Ich hockte mich neben ihn und wartete. Sicher würde er bald aufwachen.

Aber er wachte nicht auf. Meine Augen begannen bereits müde zu werden. Abwechselnd starrte ich die Gasse hinab und auf Faris' wehende Barthaare. Auf seiner Wange krabbelte eine dicke grüne Fliege, ohne dass er es bemerkte.

Vielleicht half husten. Doch auch darauf reagierte er nicht. Ich hustete lauter. Wieder nichts. Jetzt krabbelte die Fliege auf seine Nase zu und ich freute mich schon, weil er das bestimmt bemerken und aufwachen würde. Aber da flog die dumme Fliege weg.

Sie hatte mich jedoch auf eine gute Idee gebracht. Im Eingang zum Nachbarhaus lag eine Hühnerfeder, die ich schon die ganze Zeit beobachtet hatte, weil sie sich jedes Mal bewegte, wenn jemand vorbeiging.

Schnell holte ich sie mir und kitzelte Faris damit an der Nase.

Mit einem Ruck fuhr er aus dem Schlaf auf, hob die Hand zum Schlag und schrie: »Du Hundesohn, du verfluchter!«

Ich wich seinem Schlag aus und lief ein paar Schritte fort.

Mit drohend erhobener Faust kam er auf mich zu. Schnell drehte ich mich um und rannte los. Er kam hinter mir her und schimpfte dabei, was das Zeug hielt. Zum Glück war ich schneller als er.

Als die Entfernung zwischen uns immer größer wurde, schrie er: »Irgendwann einmal werde ich dich schon noch kriegen, du Satansbraten! Dann werde ich dich schleifen wie ein Messer, jawohl. Ich werde dir einen Wellenschliff verpassen, an den du dein Leben lang denken wirst!« Damit gab er die Jagd nach mir auf.

»Halt!«, rief ich und blieb selbst stehen. »Hör mir zu! Ich wollte doch nur, dass du aufwachst. Hadschi Maraka hat mich zu dir geschickt.«

»Maraka hat dich geschickt? Warum sagst du das nicht gleich, du dreckige kleine Laus? Komm her!«

»Oh, besser nicht«, wehrte ich ab. »Ich möchte keinen Wellenschliff verpasst bekommen.«

»Na los, ich tu dir schon nichts.«

»Gib mir dein Ehrenwort.«

»Das hast du, Hundesohn, das hast du. Und nun komm schon.«

O weh, dachte ich. Ob ich das wirklich wagen sollte? In den vergangenen drei Jahren hatte ich nicht so viele Schimpfwörter gehört wie in diesen letzten drei Minuten. Und bei einem solchen Kerl sollte ich arbeiten? Mir blieb aber keine Wahl. Zögernd ging ich auf Faris zu.

»Einen Schritt schneller!«, meckerte er. »Ich habe nicht ewig Zeit.«

Er war doch derjenige, der bis gerade eben geschlafen hatte, nicht ich, dachte ich empört, sagte aber mit freundlicher Stimme: »Hadschi Maraka hat mich zu dir geschickt, damit ich bei dir arbeite.«

»Na fein, dann beweg dich«, befahl mir Faris. »An die Arbeit!«

»Ich muss das Schleifen doch erst einmal lernen«, protestierte ich.

»Schleifen lernen?«, rief er aus. »Du Hohlkopf! Du sollst ausrufen.«

»Ausrufen?«

»Na klar! Los, ruf das Schleiferlied!«

Er schob den Karren und ich rief, so laut ich konnte:

> »Ich schleife Messer!
> Ich schleife Scheren!
> Ich schleife Messer!
> Ich schleife Scheren!«

Und dabei machte ich genau Faris' lang gezogenen Ruf nach, den ich schon so oft gehört hatte: »Messser! Scheeeeren!«

Ich war richtig stolz auf mein Geschrei. Faris jedoch nicht.

»Lauter, du heisere Krähe!«, befahl er mir. »Das hier ist keine Stimmübung. Die Leute sollen dich hören.«

Ich schrie aus Leibeskräften und erntete trotzdem nur wieder einen Schwall Schimpfwörter. Jetzt war mir völlig klar, warum ihm der Geselle weggelaufen war.

Ich biss die Zähne zusammen und versuchte die Bosheiten des Schleifers nicht zu beachten.

Wir liefen mit dem Karren von Gasse zu Gasse, von Weg zu Weg. Aber niemand kam um etwas schleifen zu lassen. Am anderen Ende des Lagers machten wir Halt.
»Keine Arbeit, kein Geld. Kein Geld, kein Essen«, sagte Faris, legte sich unter einen Eukalyptusbaum und war im Nu eingeschlafen.
Da stand ich nun. Die Mittagshitze nahm mir fast den Atem, mein Magen knurrte und eine aufgerissene Mülltüte, die neben dem Baum lag, verbreitete einen ekelhaften Gestank.
Wie gemütlich war dagegen meine frühere Arbeit gewesen, als ich noch vor meiner Petersilie sitzen und nach dem Verkaufen Fußball spielen gehen konnte!
Mit dem Mut der Verzweiflung hockte ich mich neben Faris auf den Boden. Ich rief und rief und er schlief und schlief.
Weder sein sägendes Schnarchgeräusch noch mein heiseres Geschrei lockte auch nur einen einzigen Kunden an.
Dann versuchte ich es auf meine Art. Ich sang ein selbst erfundenes Lied:

> »O Mensch, der du ein Huhn dir greifst
> und nicht dein Schlachtermesser schleifst
> und trennen willst den Kopf vom Rumpf,
> dein Messer aber ist ganz stumpf,

fürchten musst du Allahs Zorn,
darum komm zum Schleifen,
komm nach vorn!«

Und siehe da, es half! Ich freute mich unbändig, als eine alte Frau bei unserem Karren stehen blieb.
»Da hast du Recht, mein Sohn«, sagte sie. »Bei Allah, du hast Recht. Ein stumpfes Messer beim Schlachten ist eine Qual für das Tier. Komm mit, ich gebe dir mein Messer zum Schleifen und meine Schere obendrein.«
Ich ging mit zu ihrer Hütte, wo sie mir ein altes Messer, eine Schere und zwei Lira gab.
»Schleife sie und bring sie mir wieder hierher zurück«, sprach sie.
»Das mach ich gern«, sagte ich und lief glücklich zu Faris zurück.
»Meister, Meister, aufwachen!«, rief ich.
Er reagierte nicht.
»Meister, die Arbeit ruft!«, versuchte ich es erneut.
Bei dem Wort »Arbeit« war er mit einem Satz auf den Beinen.
Ich gab ihm das Messer, die Schere und das Geld.
Doch anstatt dass er mich lobte, schrie er mich an:
»Du Schafskopf! Für das Messer- und Scherenschleifen nur zwei Lira? Nächstes Mal nimmst du mindestens fünf, kapiert?«
»Jawohl, Meister«, antwortete ich.
Trotz des schlechten Lohns machte er sich sofort an die Arbeit. Und obwohl seine Augen noch schlafmüde

waren, schliff Faris das Messer und die Schere in Windeseile meisterhaft scharf.

»Hier, bring sie zurück. Und dann geh zum Lebensmittelhändler und kaufe für die eine Lira Joghurt und für die andere zwei Fladenbrote.«

Wir saßen unter dem Baum und aßen. Das heißt, ich hatte gerade dreimal ein Stück von meinem Fladenbrot abgerissen und in den Joghurt getunkt, als Faris mit seinem Brot bereits fertig war und sich über meines hermachte. Im Nu hatte er das Essen verschlungen.

Macht nichts, tröstete ich mich. Beim nächsten Mal würde ich besser aufpassen und schneller essen.

Von seinem und meinem Anteil bestens gestärkt, zog Faris los und ich musste wieder ausrufen. Aber so oft ich auch rief, es kam wieder kein Kunde.

Die Sonne ging unter und niemand mehr hatte unsere Dienste in Anspruch nehmen wollen.

»Na, dann gibt es eben heute kein Abendessen«, sagte Faris. »Morgen früh geht die Arbeit weiter. Du weißt ja, wo ich wohne. Gleich zwei Hütten neben Maraka.«

»Gut, ich werde pünktlich da sein«, versprach ich und hielt ihm meine Hand hin. »Meinen Tagelohn bitte.«

»Tagelohn? Du Hundesohn!«, schimpfte er. »Wofür? Was hast du denn gearbeitet, dass du dir einbildest Lohn verlangen zu können? Das bisschen Ausrufen? Sei froh, dass ich keinen Lohn von dir verlange. Genügt es dir nicht, dass ich dich ausbilde? Tausende von

Jungen würden mir die Füße küssen, wenn ich ihnen die Kunst des Schleifens beibrächte.«

Was sollte ich dazu sagen?

»Gut, ich werde meine Mutter fragen, was sie dazu meint«, erwiderte ich nur.

»Frag sie, ja, frag sie ruhig. Aber wehe, du kommst morgen zu spät!«

»Habib, mein Sohn, wo warst du so lange?«, fragte mich Mutter. »Ich habe mir schon große Sorgen gemacht.«

»Ich habe bei Faris gearbeitet.«

»Beim Schleifer?«, rief Mutter freudig aus und sie strahlte übers ganze Gesicht. »Was für ein glückseliger Tag! Gepriesen sei Allah, Er hat meine Gebete erhört.«

»Aber … aber«, druckste ich herum.

»Was denn? Hat es dir bei ihm nicht gefallen?«

»Ich soll kostenlos für ihn arbeiten«, erklärte ich ihr.

»Macht nichts«, erwiderte sie nur. »Du bist ein kluger Junge und wirst das Handwerk schnell erlernen. Dann kannst du dich selbständig machen. – Hast du schon etwas gegessen?«

Ich schüttelte den Kopf.

»Auf dem Regal ist etwas Reis. Unsere Nachbarin hat mir einen Teller gebracht und ich habe dir deinen Anteil aufbewahrt.«

Der Reis war trocken und ohne Soße, doch ich stopfte ihn gierig in mich hinein. Dann legte ich mich schlafen.

19

Am nächsten Morgen zog ich wieder mit Faris durch die Gassen und rief das Schleiferlied. Diesmal hatten wir bald den ersten Kunden. Das wird ein guter Tag werden, dachte ich.

Ein alter Mann gab Faris ein ebenso alt aussehendes Messer zum Schleifen und der machte sich ans Werk. Im Nu war das Messer scharf. Obwohl der Mann nur zwei Lira zu zahlen hatte, reichte er Faris einen Hundertliraschein.

»Hier, geh und wechsle das, Hundesohn«, beauftragte Faris mich. »Nein, halt!« Er riss mir den Schein wieder aus der Hand. »Womöglich verlierst du ihn noch.«

Und er ging selbst das Geld wechseln. Dann gab er dem Mann das Wechselgeld: »Zehn, zwanzig ... neunzig.« Das waren die Scheine. Nun kamen die Münzen. Er drückte dem Mann eine Lira in die Hand und zählte falsch mit »zweiundneunzig« weiter. Bei der nächsten Lira sagte er: »vierundneunzig«, bevor er richtig weiterzählte.

»Alles in Ordnung?«, fragte er dann noch unverschämt. »Rechne nach!«

»Nein, nein, das brauche ich nicht«, erwiderte der alte Mann, steckte das Geld ein und ging. Faris hatte dem Mann genau zwei Lira zu wenig gegeben!

»Du hast den armen Mann betrogen!«, warf ich ihm empört vor.

»Armer Mann? Armer Mann? Wie kann er arm sein, wenn er mit einem Hundertliraschein bezahlt? Nein, nein, der ist steinreich!«

»Reich oder arm, das ist Diebstahl! Unser Religionslehrer hat gesagt, Betrug ist Betrug, egal, welche Gründe man dafür findet.«

»Gut«, erwiderte Faris. »Dann brauchst du von dem Verdienst ja nichts zu nehmen.«

Er blieb bei einem Lebensmittelhändler stehen.

»Ein Stück von dem Schafkäse, zwei Brotfladen und zwei Pfefferschoten«, verlangte er.

Bei dieser Bestellung lief mir das Wasser im Mund zusammen.

Faris nahm die Tüte mit dem Essen und schob den Karren weiter. Bei einem Imbissstand machte er erneut Halt. Er bestellte sich ein Glas Tee, ließ sich damit direkt neben dem Stand auf dem staubigen Bürgersteig nieder und begann zu essen.

Ich setzte mich zu ihm.

»Was willst du?«, fragte er.

»Essen natürlich.«

»Was? Du hast aber doch gesagt, das Geld sei gestohlen.« Und er schob die Tüte mit dem Brot aus meiner Reichweite. »Lass dir von deinem Religionslehrer zu essen geben.«

»Aber ich arbeite doch für dich und nicht für meinen Religionslehrer«, protestierte ich. »Und damit, wie du dein Geld verdienst, habe ich nichts zu tun.«

Ich verkniff mir zu sagen, was unser Religionslehrer uns noch beigebracht hatte, nämlich dass derjenige, der auf schäbige Weise zu seinem Geld kommt, am Tag der Auferstehung dafür büßen muss.

Ich schnappte mir ein Stück Brot und langte zu. Faris hielt mich nicht davon ab.

»Na, schmeckt's?«, fragte er mich nach einer Weile.

Ich schwieg.

»Was ist? Schmeckt es nicht?«, hakte er nach.

Ich schwieg weiter. Ich wollte lieber schnell essen anstatt zu reden, denn es sollte mir nicht mehr so gehen wie am Tag zuvor, als Faris fast alles alleine verschlungen hatte.

Ich wollte gerade ein weiteres Stück von dem Brot abreißen, da hielt er meine Hand fest.

»Du isst keinen Bissen mehr, bevor du nicht gesagt hast, wie es schmeckt.«

»Gut schmeckt es«, antwortete ich, obwohl mir der trockene Käse wie ein Klumpen im Hals festsaß und mein Mund von der Pfefferschote höllisch brannte.

»Nur gut?«

»Ausgezeichnet«, murmelte ich mit vollem Mund.

»Ausgezeichnet? Das reicht nicht. Wie fühlst du dich?«, wollte Faris wissen. »Ich meine *wie*. Wie ein Minister oder wie ein König?«

»Ja, wie ein König«, sagte ich schnell, damit er sich nicht noch mehr aufregte.

»Wie ein König, wunderbar!«, rief er aus, und zu dem Imbissverkäufer: »Einen Tee für den König!«

Der Imbissverkäufer verdrehte leicht die Augen, als er mir das Glas Tee reichte.

»Na? Und jetzt?«, bohrte Faris weiter.

Ich löschte das Feuer in meinem Hals mit dem Tee.

»Aaah!«, keuchte ich.

»Na, wie fühlst du dich jetzt, mit dem Tee?«

Nervensäge!, beschimpfte ich Faris innerlich und antwortete das Erste, was mir einfiel: »Wie der Kaiser von China.«

»Nur?«

»Wie soll ich mich denn fühlen?«

»Na, wie der Zar von Russland zum Beispiel.«

Ich fand, da war kaum ein Unterschied zwischen Zar und Kaiser oder Russland und China. Und obwohl ich mich wirklich wie ein Zar fühlte – an das letzte Mal, dass ich Schafkäse gegessen hatte, konnte ich mich schon kaum mehr erinnern –, hätte ich Faris am liebsten den Mund zugestopft. Doch ich sprach mir selbst zu: Aushalten, Mister Petersilie, aushalten! Bald wirst du selbst Schleifer sein und dann kann Faris jemand anderen um den Verstand reden.

20

Schon vier Tage war ich nun von früh bis spät »Schleiferlehrling« bei Faris. Vom vielen Ausrufen war meine Kehle ganz rau, mir taten die Füße weh und meine Freunde hatte ich schon lange nicht mehr gesehen. Wir zogen ja auch immer herum und wer zu mir wollte, musste hinter uns herrennen. Zudem konnte Faris es nicht leiden, wenn jemand mit mir sprach. Ich sollte nur rufen und immerzu rufen.

Den größten Kummer aber bereitete mir mein ständig leerer Magen. Das Hungern machte mich völlig fertig. Warum musste der Idiot Faris immer gleich alles auf einmal ausgeben, wenn wir etwas verdient hatten? Dann waren wir zwar manchmal für eine kurze Zeit satt, aber danach hieß es wieder hungern. Würde er mit dem Geld haushalten, dann hätten wir jeden Tag zumindest ein wenig Brot zu essen.

Beim nächsten Mal werde ich ihm vorschlagen, doch etwas Geld für das Frühstück des folgenden Tages zurückzulegen, entschloss ich mich. Aber wahrscheinlich würde das nichts nützen. Faris spürte den Hunger wohl nicht so wie ich. Wenn er hungrig war, legte er sich einfach in den nächstbesten Schatten, befahl mir noch schnell: »Wenn Allah Essen schickt, weck mich!«, und war im Nu eingeschlafen. Genau wie jetzt.

Es war bereits Mittag und die Kinder kamen aus der Schule. Kein Kunde war erschienen und wir hatten kein Geld verdient.

Ich rief und rief. Erst das Schleiferlied, das ich von Faris gelernt hatte, dann meine selbst erfundenen Lieder mit Reim, dann die ohne Reim und wieder alles von vorne. Aber es half nichts. Die Zeit schlich dahin und niemand kam.

»He, Schleifer!«, rief endlich eine Stimme.

»Meister, aufwachen!« Ich rüttelte an Faris' Schulter. »Allah hat Essen geschickt!«

Aber Allah hatte nicht Essen geschickt, sondern Latif, den Kapitän unserer Fußballmannschaft.

»Schere oder Messer?«, fragte Faris, der sich in Windeseile aufgerappelt hatte.

O weh! Jetzt gab es wieder Ärger.

»Wo ist die Arbeit?«, knurrte er auch schon, nachdem er blitzschnell um sich geschaut hatte.

Dieser schreckliche Mensch! Musste er immer sofort hellwach sein, wenn er einen Verdienst witterte?

»Ähm, ich habe mich geirrt«, entschuldigte ich mich schnell. »Allah hat doch kein Essen geschickt.«

»Geirrt? Du Hundesohn, du verfluchter!«, schimpfte Faris, legte sich aber gleich wieder hin und schloss die Augen.

»Mensch, was machst du hier?«, flüsterte Latif. »Willst du etwa wirklich Schleifer werden? Und warum lässt du dich von diesem verrückten Kerl beschimpfen? Bist du blöd?«

Mir fiel keine Antwort ein. Latif merkte mir an, wie verzweifelt ich war.

»Schon gut, schon gut. Das war eine dumme Frage. Ich weiß ja, was los ist. Aber ich habe eine gute Nachricht für dich. Eine sensationelle Nachricht sogar!«

Er strahlte und sah mich an, als ob er von mir Luftsprünge erwartete. Dabei wusste ich doch noch gar nicht, worum es ging.

»Also«, begann Latif zu erklären. »Wir, die ganze Fußballmannschaft, haben uns Gedanken gemacht und sind zu einer guten Lösung für dich gekommen.«

Wieder hielt er inne. Latif machte die Dinge gerne spannend. Aber von guten Lösungen hatte ich erst einmal die Nase voll. Wassermelone hatte eine gehabt und Hadschi Maraka und jetzt fing auch noch die gesamte Fußballmannschaft damit an. Für mich gab es keine gute Lösung, sonst wäre ich schon längst selbst darauf gekommen, so oft wie ich darüber nachgegrübelt hatte. Trotzdem fragte ich: »Welche Lösung?«

»Wir alle, das heißt nein, Wassermelone nicht, denn der kommt ja seit vorgestern nicht mehr…« Er runzelte die Stirn und überlegte laut: »Was ziemlich merkwürdig ist. Als Torwart war er gar nicht soo übel – natürlich kein Vergleich mit dir. Wenn er nur nicht ständig mit seiner tollen Armbanduhr angegeben hätte! Alle fünf Minuten schaute er drauf. Damit hat er uns ganz nervös gemacht. Und nach dem Abpfiff rannte er immer sofort Hals über Kopf davon. – Aber jetzt kommt er überhaupt nicht mehr und wir können wieder nicht richtig spielen.«

»Daran ist sein Vater schuld«, erklärte ich. »Wassermelone ist nämlich immer nur heimlich hier ins Lager gekommen, weil sein Vater ihm verboten hat mit uns zu spielen. Er hat bestimmt deshalb so oft auf die Uhr geschaut, weil er rechtzeitig zu Hause sein wollte um keinen Ärger zu bekommen. Und jetzt hat er vielleicht Hausarrest.«

»Uff! Das klingt gar nicht gut«, meinte Latif. »Und ich dachte immer, Wassermelone hätte keine Sorgen.«

»Was ist denn eure gute Lösung für mich?«, drängte ich nun doch, denn ich wollte nicht, dass Latif weiter abschweifte.

»Also, wir haben uns Folgendes ausgedacht«, fuhr er fort. »Du musst wieder in die Schule gehen!«

Na prima, dachte ich genervt. Sensationell! Auf die Idee wäre ich nie gekommen.

»Du willst doch wieder in die Schule gehen, oder? Und Sportlehrer werden. Aber ohne Schuluniform geht das nicht. Wir haben uns also gedacht, wenn jeder von uns dir einen Tag lang seine Schuluniform leiht und selbst ohne eine in die Schule geht oder schwänzt, dann kriegen wir alle zwar einmal in zwei Wochen eine kleine Strafe, aber dein Problem wäre gelöst. Das machen wir so lange, bis du dir eine neue Schuluniform kaufen kannst. Na, ist das nicht genial?«, rief Latif triumphierend. »Was sagst du dazu?«

Erst einmal sagte ich gar nichts. Das war wirklich genial. Das war die Lösung!

»Juchhuuu!«, schrie ich. »Ihr seid die Größten, jawohl!« Und ich klopfte Latif anerkennend auf die Schulter.

»Schsch!«, machte der und wies auf den schlafenden Faris. »Weck den Idioten nicht auf. – Wir sind wirklich die Größten, was?« Er legte den Arm um mich und lachte.

Ich lachte auch, doch dann fiel mir ein, dass das zwar wunderbar war und mein Uniformproblem löste, aber bei meiner anderen Sorge, dem Geldverdienen, gar nicht half, im Gegenteil.

»Mutter und ich hatten gehofft, dass ich bald mit dem Schleifen Geld verdienen würde«, stöhnte ich. »Wenn ich aber wieder in die Schule gehe statt zu Faris, wovon sollen wir dann leben?«

»Ganz einfach«, sagte Latif. »Du arbeitest nach der Schule, genau wie früher.«

»Richtig!«, schrie ich und stieß den schnarchenden Faris mit dem Fuß leicht in die Seite. Er saß augenblicklich kerzengerade auf und rief: »Messer oder Schere?«

»Weder noch«, sagte ich und fühlte mich ganz übermütig.

»Und warum weckst du mich dann schon wieder, du Ratte, du?« Faris stand auf und erhob die Hand zum Schlag.

Schnell brachte ich mich in Sicherheit und Latif folgte mir.

»Hör zu«, schrie ich aus einiger Entfernung. »Ich kann nur noch nach der Schule bei dir arbeiten.«

»Schule? Nach welcher Schule?«, brüllte Faris erbost. »Wie denkst du dir das? In der kurzen Zeit wirst du die Kunst des Schleifens nie lernen. Pah!«

»Lernen? Du lässt mich doch sowieso nie an den Schleifstein«, beschwerte ich mich.

»Jetzt will er schon an den Schleifstein, hört, hört! Du hast wohl Grillen im Kopf. Als ich das Handwerk erlernte, habe ich erst drei Jahre ausrufen müssen, jawohl! Zuerst musst du richtig ausrufen lernen. Nicht das Gekreische, das du von dir gibst und das allen durch Mark und Bein geht!«

Als ob seine Stimme besser wäre, dachte ich empört und suchte nach einer saftigen Erwiderung.

Aber Latif zog mich fort und schrie: »Dann such dir doch jemand anderen!«

Ich ließ Latif einfach machen. Dass das Ganze ein Trick von ihm war, merkte ich erst, als er klappte.

»Gut, gut, du Hundesohn!«, gab Faris nach. »Aber dass du mir direkt nach der Schule zur Stelle bist. Und wehe, ich sehe auch nur einen einzigen anderen Schüler aus der Schule kommen, ehe du bei mir bist…!«

»Juchhuu!«, jubelte ich wieder und umarmte Latif so fest, als ob ich ihn seit Jahren nicht mehr gesehen hätte.

21

Mutter weckte mich am Morgen mit einem Lied. Ich traute meinen Ohren kaum.

»Tut dir dein Bein nicht mehr weh?«, fragte ich.

»Kaum noch«, sagte Mutter. »Aber das ist es nicht, weshalb ich so guter Laune bin. Ich bin überglücklich, weil du jetzt eine Berufsausbildung machst und trotzdem weiter in die Schule gehst. Dein Meister scheint eine gute Seele zu haben, weil er nichts dagegen hat. Möge Allah ihn dafür belohnen.«

Eine gute Seele?, dachte ich. Na ja …!

Ich wechselte lieber das Thema. »Wann kommt denn die Heilerin wieder?«

»In drei Tagen. Und ich werde sie nicht fortlassen, ehe

sie mir die Krücken dalässt«, erklärte Mutter fest entschlossen. »Und dann werde ich mir eine neue Arbeit suchen, bis Allah Seine Gnade über uns walten lässt und es wieder billiges Fleisch hier im Lager gibt. – Aber du machst dann trotzdem deine Schleiferausbildung weiter, Habib. Ich kann es gar nicht oft genug wiederholen: Eine Ausbildung ist besser als ein Klumpen Gold!«

Mutter war mit ihrer Predigt zwar bestimmt noch nicht fertig, aber ich musste mich jetzt beeilen. Für heute hatte mir Nadir seine Schuluniform angeboten und er wohnte am anderen Ende des Lagers. Mit einem »Tschüss!« lief ich los.

Nadir wollte heute nicht in die Schule gehen, weil sein Onkel Hochzeit feierte. Ich war sehr froh, dass er nicht extra meinetwegen schwänzte.

Seine Schuluniform passte mir ganz gut, obwohl er etwas kleiner war als ich.

Auf dem Weg zur Schule fiel mir ein, dass ich noch nicht gefrühstückt hatte. Und weil ich bis nach Schulschluss nichts bekommen würde und dann noch so lange, bis Faris und ich einen Kunden hatten, fing mein Magen schon im Voraus zu knurren an.

Da aber nahte meine Rettung. Nadir kam hinter mir her und gab mir drei Bonbons von den Hochzeitsfeiersüßigkeiten. Eins davon wickelte ich sofort aus und steckte es in den Mund. Es geht doch nichts über Hochzeitsfeiern!, dachte ich glücklich, als ich den frischen Zitronengeschmack schmeckte. Wenn Faris mich jetzt fragen würde, wie ich mich fühlte, würde ich sagen, wie der Präsident von Amerika.

Ich nahm mir vor, das zweite Bonbon in der Pause und das dritte nach der fünften Stunde zu essen.

In der großen Pause erzählte ich Latif von der Hochzeit.

»Was? Das kann doch nicht wahr sein! Nadirs Onkel heiratet, ohne dass Nadir uns Bescheid sagt? Dieser Geizhals!«, empörte er sich. »Und so einer will unser Freund sein! Als mein Bruder geheiratet hat, habe ich Nadir und allen anderen je sieben Bonbons gegeben. Von der besten Sorte sogar, Nugat und Schokolade. Und jetzt hat er die ganze Mannschaft im Stich gelassen. Aber nach der Schule werden wir ihm einen Überraschungsbesuch abstatten.«

Die Schulglocke war noch nicht verklungen, da rannten wir schon los zu der Hochzeitsgesellschaft. Im Laufen fiel mir jedoch Faris' Warnung ein, dass ich sofort bei ihm sein müsse, noch bevor er auch nur einen einzigen Schüler aus der Schule kommen sehe. Ich blieb stehen.

»Tschüss!«, sagte ich schnell. »Ich muss zur Arbeit.«

»Zur Arbeit?«, wunderte sich Sufian. »Mensch, die Süßigkeiten warten.«

»Trotzdem, wenn ich nicht gehe, wird Faris ungenießbar«, erklärte ich.

»Glaubst du etwa, die Leute, die Messer und Scheren zu schleifen haben, stehen jetzt bei Faris Schlange und warten auf dich?«, meinte Salim.

»Gut, bleibt einen Moment hier«, bat ich. »Faris ist da

oben hinter den Eukalyptusbäumen. Ich seh mal nach, was er macht. Wenn er schläft, kann ich noch kurz mitkommen.«

Und Faris schlief.

Unterwegs kamen wir an Hani, dem Zuckerwatteverkäufer, vorbei. Ein Stück Brot in der einen Hand, den großen Plastiksack Zuckerwatte in der anderen, lief er durch die Gassen. Und sein kleiner Bruder ging vor ihm her und sang das Verkaufslied:

>»Süß ist die Zuckerwatte, süß!
>Fein ist die Zuckerwatte, fein!
>Süße Zuckerwatte, fein wie Mädchenhaar!«

Der hat es noch schwerer als ich, dachte ich. Er gönnt sich nicht einmal die Zeit, sein Brot zu essen ohne dabei zu verkaufen.

Latif blieb ruckartig stehen und ich lief ihm fast in den Rücken.

»Halt!«, rief er. »Hani geht doch immer in das Oberenviertel. Wie kommt es eigentlich, dass er seine Zuckerwatte dort verkaufen kann und du deine Petersilie nicht?«

Das stimmte. Hani verkaufte im Viertel der Oberen. Ich hatte ihn dort schon oft gesehen.

»Wie schafft er es, nicht von den Ordnungshütern verjagt zu werden?«, murmelte ich halblaut vor mich hin.

»Ja, wie?«, fragte sich auch Latif und rief: »He, Hani, komm mal her!«

Hani aber blieb stehen und wartete, bis wir bei ihm waren.

»Hör mal, wenn wir alle zehn von dir Zuckerwatte kaufen, würdest du uns dann eine Frage beantworten?«

»Klar«, erwiderte Hani mit funkelnden Augen.

»Gut«, sagte Latif. »Sag uns, wie du deine Zuckerwatte im Oberenviertel verkaufen kannst, ohne dass die Ordnungshüter deine Ware beschlagnahmen.«

»Das geht dich gar nichts an«, sagte Hani.

»Gut, dann wird eben keine Zuckerwatte gekauft«, meinte Latif und zuckte mit den Schultern. »Aber glaube mir, du kannst die ganze Stadt abklappern und wirst niemanden finden, der dir zehn Beutel auf einmal abkauft.«

»Das ist mir egal«, erwiderte Hani, schulterte seinen Sack Zuckerwatte und ging. Nach ein paar Schritten aber hielt er inne. »Obwohl es dich ja wirklich nichts angeht, sage ich es dir trotzdem«, gab er schließlich nach. »Ich habe einen Erlaubnisschein. – Zehn Stück wollt ihr? Zehnmal eine halbe Lira, das macht fünf Lira.« Und er begann zehn Beutel abzuzählen.

»Moment, Moment«, unterbrach ihn Latif. »Zeig uns erst deinen Erlaubnisschein.«

»Den habe ich zu Hause.«

»Zu Hause? Du lügst. Man hat einen Erlaubnisschein, um ihn bei Bedarf vorzeigen zu können, und nicht, um ihn zu Hause unter dem Kopfkissen aufzubewahren. Nein, da musst du dir etwas Besseres einfallen lassen. Das glauben wir dir nicht.«

»Wenn ihr mir nicht glaubt, braucht ihr ja nichts zu

kaufen«, erwiderte Hani nur, drehte sich wieder um und ging.

Als er außer Hörweite war, sagte Latif zu uns: »Hört mal, wartet hier auf mich. Nur eine Viertelstunde. Ich werde das herausfinden.«

»Und die Hochzeitssüßigkeiten?«, protestierte Salim.

»Die können warten«, meinte Latif.

»Aber ich kann nicht warten«, sagte ich. »Bevor Faris aufwacht, muss ich bei ihm sein.«

»Du bleibst auch. Es geht doch schließlich nur um dich«, sagte Latif und lief fort.

Was hatte er vor? Ich musste also bleiben und auf ihn warten.

»Immer tut er so geheimnisvoll«, sagte Salim ärgerlich.

»Macht, was ihr wollt, aber ich gehe jetzt zur Hochzeit.«

»Ich auch. Ich auch«, stimmten die anderen ihm zu und folgten ihm.

Ich hatte meine Bonbons sowieso schon bekommen. Also blieb ich als Einziger stehen und wartete auf Latif.

Endlich kam er zurück.

»Wo sind die anderen?«, fragte er.

»Zur Hochzeit«, antwortete ich.

»So eine Gemeinheit! Aber mach dir nichts daraus. Komm!«

Warum sollte ich mir auch etwas daraus machen? Ich verstand Latif nicht. Und weil er es plötzlich schrecklich eilig hatte und mir vorausrannte, kam ich gar nicht dazu ihn zu fragen, was er herausgefunden hatte.

22

Wir trafen die anderen vor Nadirs Haus wieder. Nadir stand in der Tür und schwor gerade bei allem, wobei man schwören konnte, dass er uns von der Hochzeit habe erzählen wollen, es aber immer wieder vergessen habe. Und weil wir ihn gut kannten, glaubten wir ihm das sogar. Nadir vergaß nämlich einfach alles. Da half weder Aufschreiben noch ein Knoten am Hemdzipfel.

Nun teilte er uns mit, dass die Hochzeitsfeiersüßigkeiten schon alle aufgegessen seien.

»Alle?«, rief Salim und wurde vor Ärger ganz rot im Gesicht. »Das glaubst du doch selbst nicht! Vergesslichkeit mag ja ganz lustig sein, aber Geiz nicht.«

Sufian sah auch sehr wütend aus. Er schimpfte jedoch nicht, sondern ging ein paar Schritte zurück und stimmte laut und kräftig das Bräutigamlied an:

»O Bräutigam, o Bräutigam!
Wir sangen für dich den ganzen Tag.
O Bräutigam, o Bräutigam!
Bis unsere Stimme hat versagt.
O Bräutigam, o Bräutigam!
Nun wird nach den Süßigkeiten gefragt.«

Obwohl keiner von uns den ganzen Tag für den Bräutigam gesungen hatte, zeigte das Lied die gewünschte Wirkung. Der Bräutigam kam ans Fenster.

»Was?«, rief er. »Gibt es etwa in dieser Gegend tatsächlich noch jemanden, der keine Süßigkeiten bekommen hat?«

»Ja, wir, die erfolgreichste Fußballmannschaft der Welt, durch die der Ruhm des Lagers in aller Munde ist!«, schrie Salim.

»Das geht nun wirklich nicht«, sagte Nadirs Onkel und lachte. Er nahm seine Geldbörse und schüttete alle Münzen über unseren Köpfen aus.

»Alles, was der Bräutigam auf dieser Erde noch besitzt, hier ist es, für die berühmte Fußballmannschaft!«, rief er dabei. »Kauft euch etwas Schönes dafür.«

Wir sammelten die Münzen auf und Salim zählte das Geld.

»Das bisschen? Das soll alles sein?«, protestierte er. »Nur viereinhalb Lira?«

»So ist es«, sagte Nadirs Onkel. »Mehr kann euch nur Allah geben.«

Wieder trat Sufian ein Stück zur Seite und sang ein Lied:

»Der Geiz, der Geiz, o welche Schand,
herrscht über die geschloss'ne Hand.
Der Geiz, der Geiz, o welche Schand,
zerschneidet jedes Freundschaftsband.«

»Welch ein Jammer!«, klagte der Bräutigam und rief seinen Neffen herbei: »Nadir! Geh zum Laden und hol Süßigkeiten für den Dichter und sein Gefolge, sonst kündigen sie mir die Freundschaft auf! Lass alles anschreiben. Bei Allah, ich habe kein Geld mehr.«

Und Nadir war nicht kleinlich. Er kaufte gleich ein halbes Kilo Erdnusskrokant und ein halbes Kilo Fruchtgummis.

Nachdem wir die Süßigkeiten und das Geld brüderlich geteilt hatten, hockten wir uns vor den Süßigkeitenladen.

Alle stopften sich ein Stück nach dem anderen in den Mund. Ich aber beschloss mit diesen Kostbarkeiten hauszuhalten und gönnte mir nur von jeder Sorte ein Stück. Der Rest kam in die Hosentasche, für schlechtere Zeiten.

»He, Nadir!«, rief jetzt ein Junge. »Willst du Hadschi Sulaiman verpassen?«

»Ist er schon da?« Nadir rannte los, zurück zur Hochzeitsfeier, und wir ihm nach.

Den berühmtesten Sänger weit und breit wollte sich keiner entgehen lassen. Hadschi Sulaimans Stimme und seine Lieder übertrafen sogar das Radio.

Ich war gespannt, ob er wieder so wunderbar singen würde wie vor einigen Monaten, als ich ihn bei der Hochzeit des Kaffeehausbesitzers gehört hatte. Kurz vor Nadirs Haus fiel mir aber leider wieder meine Arbeit ein. Bestimmt war Faris längst aufgewacht! Schnell trennte ich mich von den anderen und war enttäuscht, dass ich Hadschi Sulaiman nun doch verpasste. Um Faris milde zu stimmen sang ich schon von weitem das Schleiferlied. Trotzdem machte ich mich auf eine Schimpftirade gefasst. Aber welch ein Glück, Faris schlief immer noch. Wahrscheinlich war er zwischendurch nicht einmal aufgewacht, denn er lag noch genau so da, wie ich ihn zuletzt gesehen hatte.

Erleichtert darüber, dass mir wenigstens dieses Übel erspart blieb, fing ich mit meiner Arbeit an.

Ich sang ein Schleiferlied nach dem anderen, doch es kam wieder mal kein einziger Kunde.

Faris schlief und schnarchte und kümmerte sich um nichts. Nur wenn die Fliegen ihn allzu sehr quälten, wachte er kurz auf, wedelte mit der Hand vor dem Gesicht herum und knurrte: »Essen?«

Sobald ich aber sagte: »Noch nicht, Meister!«, war er schon wieder eingeschlafen.

Stunden vergingen. Nach und nach aß ich all die Süßigkeiten, die ich für schlechtere Zeiten aufbewahren wollte. Es wurde immer heißer und mir ging langsam die Puste aus. Da beschloss ich, dass eine kleine Pause wohl erlaubt sei, und legte mich wie Faris unter den Eukalyptusbaum. Aah, das tat gut!

Wrumms! Irgendjemand stieß mich heftig in die Seite. Da war ich doch tatsächlich eingeschlafen! Abrupt setzte ich mich auf. Neben mir lag eine riesige Wassermelone. Ich kam mir vor wie in einem Traum, wo das Essen vom Himmel fällt oder wo an Eukalyptusbäumen Melonen wachsen. Ungläubig rieb ich mir die Augen. Aber die Melone war immer noch da. Was hatte das zu bedeuten? Wem gehörte sie?

Ich schaute mich um. Kein Mensch war weit und breit in Sicht.

»Meister«, flüsterte ich und rüttelte ihn leicht an der Schulter. »Allah hat Essen geschickt.«

Faris war mit einem Schlag hellwach und starrte die Wassermelone an.

»Ha!«, machte er. »Allah hat meine Gebete erhört.«

»Du hast doch nur geschnarcht«, wagte ich einzuwenden.

»Unsinn! Was dir wie Schnarchen vorgekommen ist, war ein langes Gebet. Roll die Melone herüber!« Und er zog sein Messer aus der Hosentasche.

»Halt!«, flüsterte ich. »Wir wissen doch gar nicht, wem sie gehört.«

»Was Allah uns geschickt hat, werden wir nicht verschmähen«, sagte Faris nur und setzte das Messer an. Faris' Messer aber war so stumpf, dass er die Melone nicht anschneiden konnte. Er musste es erst mit Gewalt hineinstoßen. Dann schnitt ihm die kleine Klinge jedoch nicht schnell genug. Mit einem »Ach, verflucht!« hob er die Melone kurzerhand hoch und schlug sie auf den Boden. Sie platzte und Faris brach sie auseinander.

Dass er als Schleifer sein eigenes Messer so vernachlässigte, konnte ich nicht begreifen. Aber an Faris war sowieso fast nichts zu begreifen.

Jetzt hatte er sich das größte Stück Melone genommen. Er hielt es so, dass sein Kopf dahinter fast verschwand, als er hineinbiss. Der Saft lief ihm den Hals hinunter in den ohnehin schon schmutzigen offenen Hemdkragen.

»Halt! Gebt mir meinen Anteil!«, rief plötzlich jemand

und hinter dem Müllcontainer ein Stück oberhalb des Eukalyptusbaums tauchte Wassermelone auf. »Papperlapapp«, rief Faris hinter dem Riesenstück Melone. »Was heißt hier ›mein Anteil‹? Die Melone gehört uns.«

»Aber er hat sie doch hergebracht!«, protestierte ich, denn mir war nun völlig klar, dass Wassermelone sie hergerollt hatte. Darauf hätte ich eigentlich schon vorher kommen müssen.

Faris' Gesicht tauchte nun hinter dem Stück Melone auf und er griff nach einem weiteren Stück. »Das hier ist meine Hälfte«, sagte er, und zu mir: »Was du mit deiner Hälfte machst, ist mir egal.«

Wassermelone wollte sich sein Stück Melone erkämpfen, doch als ich ihm andeutete, dass Faris nicht ganz dicht im Kopf war, gab er nach.

Wir teilten uns meine Hälfte, saßen eine Weile gemütlich da und genossen die Melone. Dann ließ sich Faris wieder mit einem »Aaah!« zurücksinken und startete erneut eines seiner schier endlosen Nickerchen.

»Wie geht es dir denn so, zu Hause und überhaupt?«, erkundigte ich mich vorsichtig. Damit meinte ich sein Problem mit seinem Vater. Ich erwähnte mit keinem Wort, dass der mir eigentlich hatte helfen sollen. Zwar war ich traurig, dass es nicht geklappt hatte, aber Wassermelone konnte ja nichts dafür. Sicher wäre es ihm auch unangenehm gewesen, wenn er gewusst hätte, dass ich das Gespräch mitbekommen hatte.

Aber Wassermelone verstand meine Frage völlig falsch. Ohne mit einem Wort darauf einzugehen, dass er die letzten Tage beim Training gefehlt hatte, ließ er sich sofort begeistert über seine Rolle als Torwart aus. Obwohl er die Wirklichkeit bestimmt etwas ausschmückte, ließ ich ihn reden, so sehr freute ich mich darüber, dass mich jemand besuchte und dass wir, dank Faris' Schläfchen, ungestört sprechen konnten.

»Also, bis zum nächsten Mal«, verabschiedete sich Wassermelone schließlich. »Ach, und das hier hast du letztens bei uns vergessen.«

Er gab mir eine kleine Plastiktüte. »Gleich ist Fußballtraining. Ich muss mich beeilen. Tschüss!« Und er lief los.

»He, Moment mal!«, rief ich ihm nach, aber er reagierte nicht.

Ich war mir ganz sicher, dass ich nichts bei ihm zu Hause vergessen hatte, denn es gab gar nichts, was ich hätte vergessen können.

Neugierig schaute ich in die Tüte und holte ein in Papier eingewickeltes Päckchen heraus.

Es war Geld: neun Liramünzen in einem Zehnliraschein eingewickelt. Verblüfft starrte ich auf das Geld in meiner Hand. Was sollte das heißen? Dann entdeckte ich einen zusammengeknüllten Zettel am Boden der Tüte. Ich strich ihn glatt und las die Worte, die darauf geschrieben standen. Die erste Zeile war durchgestrichen, aber ich konnte sie trotzdem entziffern:

»Mein einzig wahrer Freund, Mister Petersilie!«

Die zweite Zeile war auch durchgestrichen und ich konnte nur einen Teil lesen:

»Lieber… Mister Petersilie!«

Schließlich hatte sich Wassermelone wohl zu einer Anrede durchgerungen. Er schrieb:

»Hallo, Mister Petersilie!
Dass ich dich, meinen besten Freund,
so lange nicht treffen konnte, lag
nicht an mir. Ich kann dir aber
nicht sagen, an wem es lag.«

An seinem Vater natürlich!, dachte ich grimmig.

»Trotzdem, um dir zu zeigen, dass du
mein bester Freund bist, will ich mein
Taschengeld mit dir teilen. Fifty-fifty.
Einverstanden? So lange, bis du wieder
Petersilie verkaufen kannst.«

Ich presste den Zettel fest zusammen.
Nur nicht heulen, Mister Petersilie, sagte ich mir. Nur nicht heulen. Aber diese Geste war so überaus nett von Wassermelone, dass ich die Tränen nicht zurückhalten konnte. Zum Glück war niemand in der Nähe.

23

»He, Mister Petersilie!«, hörte ich Latifs Stimme und
da tauchte er auch schon auf.
»Mann!«, keuchte er. »Ich habe dich stundenlang ge-
sucht. Warum singst du nicht wie sonst Schleiferlie-
der? Dann weiß man wenigstens, wo du steckst.«
Schnell wischte ich mir über die Augen.
»Heulst du etwa?«, fragte Latif und sah mich prüfend
an.
»Nein, nein«, log ich und unterdrückte ein Schniefen.
»Mir ist nur eine Fliege ins Auge geflogen.«
»Gleich in beide Augen, willst du wohl sagen«, sagte
Latif und zwinkerte mir zu. »Das muss aber ein Rie-
senvieh gewesen sein. Komm, erzähl schon, wer war

die Riesenfliege? Der Spinner da?« Und er wies auf Faris. Wie ich Latif kannte, würde er nicht lockerlassen. Da erzählte ich ihm die Sache lieber gleich. Und das ganze Elend mit der Schleiferlehre obendrein.

»Das Heulen hättest du dir sparen können, wenn du nicht weggerannt wärst, als wir zurück zur Hochzeitsfeier liefen um Hadschi Sulaiman zu hören«, sagte Latif. »Dann hätte ich dir nämlich erzählen können, was ich über Hani erfahren habe.«

Ich schwieg. Ganz schuldlos war ich selbst daran auch nicht. Die Süßigkeiten hatten sogar mich für kurze Zeit von meinem Problem abgelenkt.

»Willst du seinen Verkaufstrick etwa nicht erfahren?«, hakte Latif nach.

»Doch«, sagte ich.

Und er erzählte:

»Als Hani den Friedhof erreichte, gab er den Sack Zuckerwatte seinem kleinen Bruder, der sich damit hinter einem Grabstein versteckte. Hani ging nur mit fünf Beuteln zu den Oberen, pries die Zuckerwatte an und verkaufte sie. Sobald er die Beutel losgeworden war, holte er bei seinem Bruder Nachschub. Wenn Hani also von den Ordnungshütern erwischt und seine Ware beschlagnahmt wird, fallen denen höchstens fünf Beutel Zuckerwatte in die Hände, und das ist kein so großer Verlust, als wenn er den ganzen Sack bei sich hätte. – Ich finde das sehr geschickt. Warum machst du es mit deiner Petersilie nicht auch so?«

Ich dachte an meine Schwester, die im Krieg auf der

Flucht gestorben war. Wenn sie noch am Leben wäre, wäre sie jetzt groß genug um mir zu helfen.

»Wie soll ich das machen?«, entgegnete ich ihm. »Ich habe doch keine Geschwister, die mir dabei helfen könnten.«

»Stimmt«, sagte Latif und schwieg eine Weile, bevor er sagte: »Moment mal, ich habe eine Idee, eine von der genialsten Sorte.«

Und er stand hastig auf. »Komm heute nach deiner Arbeit zum Fußballplatz. Aber nicht vergessen, versprochen?«

Und noch bevor ich den Mund zu einer Antwort öffnen konnte, war er schon weg.

Ein sonderbares Gefühl machte sich in meinem Bauch breit, als ich am Abend nach so langer Zeit einmal wieder auf dem Fußballplatz stand. Die ganze Mannschaft saß laut diskutierend vor dem Tor.

»Schluss jetzt!«, rief Latif, als er mich kommen sah.

Ich setzte mich zu ihnen und grinste etwas verlegen in die Runde. Alle sahen mich merkwürdig an.

Latif räusperte sich wie vor einer langen Rede und begann: »Also, wir haben über meine Idee gesprochen und machen dir folgendes Angebot: Damit du im Viertel der Oberen Petersilie verkaufen kannst ohne Gefahr zu laufen all deine Ware auf einmal beschlagnahmt zu bekommen, erkläre ich mich hiermit zu deinem Bruder, der dir helfen wird, bis deine Mutter gesund ist.« Latif sah erst mich an, dann schaute er in die Runde. »Also, was habt ihr zu sagen?«

Die anderen gelobten einer nach dem anderen das Gleiche, wenn auch bei einigen das Gelöbnis etwas zögerlicher herauskam. Nur Wassermelone sagte nichts.

»Und was meint der Herr aus dem Oberenviertel?«, fragte Mahmud herausfordernd.

Wassermelone sagte immer noch nichts. Er schaute nur zu Boden.

»Lass Wassermelone in Ruhe«, fauchte da Latif. »Jeder soll helfen, wie er kann.«

»Außerdem ist er schon mein Bruder geworden«, verteidigte ich Wassermelone und rückte noch ein Stück näher an ihn heran.

»Wann willst du mit dem Verkaufen anfangen?«, fragte mich Latif.

»Morgen natürlich«, antwortete ich. »Direkt nach der Schule.« Und ich hatte nur ein ganz kleines bisschen ein schlechtes Gewissen, weil ich da ja eigentlich bei Faris sein sollte.

»Gut, wer will also als Erster Mister Petersilies Bruder sein?«

Keiner meldete sich. Eine peinliche Stille breitete sich aus.

»Was soll das heißen?«, hakte Latif nach.

Wieder keine Antwort. Ich begann zu schwitzen.

»Salim, fängst du an?« Latif pickte einfach einen aus der Mannschaft heraus.

»Nein, das geht nicht«, erklärte Salim. »Morgen Nachmittag besucht unsere gesamte Familie meine Großtante. Da kann ich nicht fehlen.«

»Hmm«, machte Latif und sah in die Runde.

»Sufian?«

»Äh, nein, tut mir Leid«, wehrte der ab. »Ich muss meinen Opa zum Friseur begleiten.«

»So ein Blödsinn!«, rief Latif ärgerlich aus. »Der kann doch besser laufen als du. Wie willst du ihm dabei helfen? Etwa Händchen halten?«

»Natürlich nicht«, verteidigte sich Sufian. »Aber mein Opa ist so schrecklich vergesslich. Wenn wir ihn alleine gehen lassen, vergisst er schon nach ein paar Schritten, wo er eigentlich hin wollte, und landet dann beim Schuster oder beim Schneider statt beim Friseur.«

Einige kicherten, Nadir wurde knallrot, doch Latif blieb ernst. Jeder, den er ansprach, hatte irgendetwas Dringendes zu erledigen.

Jetzt griff Mahmud ein und sagte entschieden: »So geht das nicht. So viele faule Ausreden auf einmal habe ich noch nie gehört. Das alles sind keine Entschuldigungen. Wer nicht helfen will, soll es gleich sagen. Es wird schließlich keiner gezwungen.«

»Ja, wer nicht helfen will, soll sich jetzt melden«, meinte auch Latif.

Keiner meldete sich.

Trotzdem kam mir die ganze Sache ziemlich dumm vor. Helfen wollten sie, aber wenn es dann handfest wurde, kniffen sie. Ich fühlte mich nicht sehr wohl in meiner Haut.

Dann aber sprach plötzlich Umar, der große Schweiger. »Machen wir es doch so: Wer an der Reihe ist, seine Uniform Mister Petersilie zu leihen, der soll auch gleichzeitig an dem Tag sein Bruder sein. Und ich bin morgen an der Reihe.«

Ich sah ihn dankbar an.

»Genial!«, rief Latif und sprang auf. »Obergenial! So machen wir es. Seid ihr alle damit einverstanden?« Allah sei Dank gab es allgemein ein zustimmendes Gemurmel. Jetzt kamen mir meine Freunde wieder wie meine Freunde vor.

Nun, da die Sache mit der Schule und dem Geldverdienen geregelt war und Mutter sicher bald wieder gehen konnte, fasste ich neuen Mut. Und ich schwor mir Wassermelone nicht im Stich zu lassen. Er hatte mir in der Not geholfen, da würde ich ihm auch als Freund zur Seite stehen. So gut ich konnte, wollte ich ihm beim Ausbüchsen behilflich sein. Und den Torwartsposten wollte ich später brüderlich mit ihm teilen.

Als hätte Wassermelone meinen guten Vorsatz gespürt, rappelte er sich auf und rief: »Worauf warten wir noch?« Und er schob mich in Richtung Tor.

»Jawohl!«, schrie Mahmud und sprang ebenfalls auf. »Wenn wir das Spiel nächste Woche gewinnen wollen, müssen wir fleißig trainieren.«

Im Nu waren alle auf den Beinen und zerrten mich ins Tor. Dann sangen sie laut:

>»Mister Petersilie steht im Tor
>und die Oooberen davoor...«

»Nein!«, schrie ich. »Wassermelone steht im Tor.« Und ich zog ihn an meine Stelle.

Wir zogen und schubsten uns gegenseitig in Position, bis Latif und Mahmud uns beide ins Tor schoben. Und dann standen wir, gegen alle Fußballregeln, gemeinsam dort und die anderen versuchten nacheinander jeder einen Elfmeter zu schießen, aber sie schafften es nicht.

mehr zu lesen

von Barbara Frischmuth:

Der junge Kater Dario spielt für sein Leben gern mit losen Badewannenstöpseln. Eines Tages ist er mal wieder einem solchen vermeintlichen Spielzeug hinterher – und das Unglück nimmt seinen Lauf: Er springt aus dem Fenster, aber der unwiderstehliche «Riesenstöpsel», der draußen vorüberfliegt, ist eine Krähe! Dario landet auf ihrem Rücken, stürzt mit ihr auf einen Sperrmüllwagen und wird am Kanal entlang zur Mülldeponie gefahren. Da macht sich Darios Mutter Donna natürlich Sorgen und sie begibt sich auf die Suche nach ihrem Sohn. Von der Krähe Flitzschwinge erfährt sie, dass Dario in einem Auto vom Müllplatz weggefahren wurde…

Ab 9 Jahren, 240 Seiten. Gebunden.

Verlag Sauerländer

mehr zu lesen

von Jean Craighead George:

«Wunderbar und spannend ist die Beschreibung der Begegnung mit den Wölfen, der Beziehungen zwischen Julie, ihrem Vater und ihrer Siefmutter – und ihrer Freundschaft mit Peter.»

Das Heft

Sieben Monate hat Julie mit einem Wolfsrudel in Alaska überlebt. Nun entschließt sie sich in das Dorf ihres Vaters zurückzukehren. Hier endet das überaus erfolgreiche Buch *Julie von den Wölfen* und hier beginnt nun die lang erwartete Fortsetzung *Julie*. Vieles hat sich in der Zeit ihrer Abwesenheit verändert; im Dorf gibt es nun Radios, Telefone, ihr Vater hat eine weiße Frau, und eine kleine Strickwarenindustrie ist entstanden, die auf der Wolle der im Aufbau begriffenen Moschusochsenherde ihres Vaters fußt. Wie das Dorfleben sich in einem sehr zerbrechlichen Zustand zwischen Tradition und moderner Welt abspielt, so hat auch Julie mit den Veränderungen zu kämpfen.

Ab 12 Jahren, 204 Seiten. Gebunden.

Verlag Sauerländer

mehr zu lesen

von Dick King-Smith:

«Eine herrliche Geschichte. Niemand, ich wette, wird das Buch zuklappen wollen, bevor er nicht die letzte Seite erreicht hat und aus dem kleinen Knirps das erste preisgekrönte englische Hüteschwein geworden ist, mit Kranz und Schleife und glänzend gebürstetem Ringelschwanz.»

Die Zeit

Die Colliehündin Fliege hält nichts von Schweinen. Sie findet sie genauso dumm wie die Schafe, die sie für Bauer Hogget hütet. Aber beim Anblick von Knirps, dem einsamen kleinen Ferkel, schmilzt ihr Herz. Sie beschließt Knirps unter ihre Fittiche zu nehmen. Aufmerksam verfolgt Knirps das Geschehen auf dem Bauernhof und lässt sich von Fliege zeigen, wie man – sozusagen als Vorübung für die Schafe – Enten treibt. Als Bauer Hogget Knirps endlich eine Chance als Hütehund gibt, ist er erstaunt, wie willig die Schafe dem Ferkel folgen. Die Schafe ihrerseits sind von Knirps' ausgesuchter Höflichkeit restlos begeistert! **Ab 10 Jahren, 138 Seiten. Gebunden.**

Die Romanvorlage zum Film:

Verlag Sauerländer